Erotische Herrschaft und Unterwerfung Bd. 8

Erika Sanders

Serie

Herrschaft und erotische Unterwerfung

Erstausgabe: 2025

Zusammenfassung

Dieser Band enthält zwei inhaltliche romantische und erotische BDSM-Titel.

Diese Zusammenstellung enthält die Romane:

- BDSM-Fotografin.
- BDSM-Fantasie

(Alle Charaktere sind 18 Jahre oder älter)

Anmerkung zum Autorin:

Erika Sanders ist eine international bekannte Schriftstellerin, die in mehr als zwanzig Sprachen übersetzt wurde und ihre erotischsten Schriften, weit entfernt von ihrer üblichen Prosa, mit ihrem Mädchennamen signiert.

Index:

EROTISCHE HERRSCHAFT UND UNTERWERFUNG BD. 8

ERIKA SANDERS

BDSM-FOTOGRAFIN

ERSTER TEIL
Das Stellenangebot

KAPITEL 1

Julia saß im dunklen Raum ihres kleinen Fotostudios und entwickelte fotografische Bilder.

Fotografie war schon immer seine Leidenschaft gewesen und er machte es zu seiner Karriere.

Das dreißigjährige Mädchen sah aufmerksam zu, wie die Bilder fertiggestellt wurden.

Er hängte sie zum Trocknen auf und nahm sich einen Moment Zeit, um seine Arbeit für eine liebevolle Familie zu bewundern.

Julia hörte auf zu arbeiten, als sie die Glocke läuten hörte, nachdem die Haustür geöffnet worden war.

Er ging zur Rezeption und sah eine leitende Frau in den Vierzigern, die wie jemand gekleidet war, der in einem sehr eleganten Büro arbeitete.

"Guten Tag", sagte Julia mit einem warmen Lächeln. "Willkommen in meinem Fotostudio. Mein Name ist Julia. Wie kann ich Ihnen helfen?"

Die berufstätige Frau lächelte zurück.

"Hallo Julia. Mein Name ist Catherine."

Sie gaben sich die Hand, als Julia hinter der Theke stand.

"Schön dich kennenzulernen Catherine. Kann ich heute etwas für dich tun? Suchst du etwas Besonderes?"

"Eigentlich bin ich das. Ich liebe deine Arbeit. Ich denke, du bist großartig darin, Porträts zu machen und besondere Momente festzuhalten."

Julia wurde rot.

"Danke. Bist du hier für eine Empfehlung?"

"Forschung, eigentlich. Ich finde die Bilder, die Sie auf Ihrer Website haben, großartig. Sie sind eine sehr talentierte Frau."

"Ich gebe mein Bestes".

"Wie funktioniert dieser Prozess?" Fragte Catherine. "Die Leute kontaktieren dich, sagen dir, was sie wollen und machen dann Fotos von ihnen? Ich bin offensichtlich neu in diesem Bereich."

"Normalerweise funktioniert das so. Manchmal kommen Leute in mein Studio, wenn sie Porträts machen wollen, oder manchmal stellen sie mich ein, um zu ihnen zu kommen."

"Welche Art von Fotos machst du normalerweise?"

"Es kommt darauf an", antwortete Julia. "Wenn ich ausgehen muss, ist es normalerweise für Hochzeiten, Zeremonien, Promotionen, solche Dinge. In meinem Studio mache ich normalerweise Familienporträts."

"Stört es dich, wenn ich dir eine persönliche Frage stelle?"

"Voraus."

"Verdienst du damit viel Geld?"

"Es ist ein würdiges Leben."

"Julia, ich werde deine Zeit nicht verschwenden", sagte Catherine in einem Geschäftston. "Ich möchte einen Fotografen für eine Reihe von Fotoshootings einstellen. Ich bezahle gutes Geld und benötige absolute Diskretion. Alle Bilder richten sich an Erwachsene."

"Das sollte kein Problem sein", antwortete Julia zuversichtlich. "Ich habe schon viel Nacktarbeit gemacht. Ich fühle mich mit so etwas wohl."

"Welche Art von Erfahrungen haben Sie in dieser Hinsicht?"

"Ich hatte einige Nacktkunstkurse am College. In meiner Karriere als Fotograf habe ich sinnliche Nacktporträts für Frauen gemacht. Das ist eine ziemlich häufige Anfrage. Ich gehe davon aus, dass Sie so etwas wollen."

Catherine lächelte.

"Nicht ganz. Was ich mache, beinhaltet etwas mehr Erotik."

"Ist es pornografisch?" Fragte Julia vorsichtig.

"Ich bin keine Person, die gerne Etiketten auf Dinge klebt. Ich erkunde die Grenzen der menschlichen Sexualität auf ganz besondere Weise. Ich habe besondere Freunde und möchte, dass Sie einige unserer

Sitzungen mit Ihren einzigartigen Fähigkeiten dokumentieren. Als Fotograf".

Julia war etwas überrascht.

"Ich kann nicht. Es tut mir leid. Nichts für ungut, aber ich konnte wahrscheinlich nicht meine beste Arbeit in dieser Umgebung leisten."

Catherine griff in ihre Handtasche und legte eine Visitenkarte auf den Tisch.

"Danke für deine Zeit", antwortete Catherine höflich. "Als Künstler hatte ich gehofft, dass Sie offen für alle Kunstformen sind, die den menschlichen Körper betreffen. Wenn Sie neugierig sind, was ich tue, rufen Sie mich an. Ich hoffe immer noch, dass wir irgendwann zusammenarbeiten können. Ich wünsche Ihnen einen schönen Tag."

"Du auch. Danke, dass du gekommen bist. Ich entschuldige mich dafür, dass ich dir nicht helfen kann."

"Entschuldigen Sie sich nicht. Dies ist nicht jedermanns Sache. Auf die Rückseite meiner Karte habe ich den Betrag geschrieben, den ich für Ihre Dienste bezahlen würde. Denken Sie darüber nach."

Nachdem dies gesagt war, drehte sich Catherine um und verließ das kleine Arbeitszimmer.

Es war das ungewöhnlichste Angebot, das Julia erhalten hatte, seit sie ihr eigenes Fotobusiness gegründet hatte.

Sie war noch nie für etwas offen Sexuelles angefragt worden.

Er nahm die Karte und sah sie sich an.

Zu seiner Überraschung hatte Catherine eine leitende Position bei einer großen Investmentbank in der Stadt inne.

Julia drehte die Karte um und sah den Preis, den Catherine bereit war zu zahlen, und war überrascht.

KAPITEL 2

Später dachte er in dieser Nacht.

Vor dem Schlafengehen war Julia immer noch neugierig, obwohl ein Teil von ihr sich von Catherine fernhalten wollte.

Er ging zu dem Müll, in den er ihn geworfen hatte, und holte Catherines Visitenkarte heraus, die daraus einen Ball gemacht hatte.

Er faltete es auseinander und warf einen weiteren Blick darauf.

Dann ging er zu seinem Computer für eine kurze Überprüfung.

Nach einer kurzen Suche fand Julia Catherines LinkedIn-Seite.

Catherine war eine erfahrene Geschäftsfrau in leitender Position bei einer großen Investmentbank.

Die Menge an Erfahrung, die Catherine auf hohem Niveau hatte, war für Julia überraschend.

Julia setzte ihre Suche online fort und fand Catherines Facebook-Seite, die für alle offen war.

Er sah sich die persönlichen Fotos der Geschäftsfrau an.

Catherine war wunderschön, elegant, raffiniert und hatte eine gebieterische Ausstrahlung.

Julia fragte sich, warum eine solche Frau daran interessiert sein würde, explizite Fotos zu machen.

Aber offensichtlich haben sie alle ihre Geheimnisse, dachte Julia.

Die Intrige war genug, um Julia dazu zu bringen, ihre Meinung zu ändern.

Wie schmutzig könnten diese Bilder sein?

Sicherlich mussten sie geschmackvoll sein.

Er öffnete seine E-Mail und schrieb Catherine eine Nachricht:

"Hallo Catherine

Ich hoffe du hast Spaß. Ich bin Julia vom Fotostudio. Ich habe viel über Ihr Angebot nachgedacht und könnte meine Position zu diesem

Thema überdenken, wenn Sie immer noch an einer Zusammenarbeit mit mir interessiert sind. Aber zuerst habe ich ein paar Fragen. Gibt es einen angemessenen Zeitpunkt, an dem wir telefonieren können? Oder möchten Sie weiterhin per E-Mail kommunizieren? Gib mir Bescheid.

In acht nehmen,

Julia "

Er sah auf seine Uhr und es war schon fünfundzwanzig um elf.

Julia schaltete ihren Computer aus und warf einen weiteren Blick auf die Visitenkarte.

Er drehte es um und sah sich Catherines handschriftliche Notiz an: Fünfhundert Dollar pro Stunde.

Sie war erst neugieriger geworden, als sie ins Bett ging.

KAPITEL 3

Der nächste Morgen war ein typischer Morgen für Julia.

Wenn es in seinem kleinen Studio keine Leads oder Kunden gab, verbrachte er seine Zeit in der Dunkelkammer, um weitere Fotos zu entwickeln.

Es war eine mühsame Arbeit, aber sie hat es genossen.

Als er fertig war, verließ er den dunklen Raum und schaute auf seinen Laptop auf seinem Schreibtisch.

Es gab mehrere neue E-Mails.

Julias Augen suchten kurz die Liste der Nachrichten ab, von denen die meisten arbeitsbezogen waren.

Was seine Aufmerksamkeit sofort auf sich zog, war Catherines E-Mail-Antwort.

Sie öffnete es:

Julia

Ich bin froh, dass Sie mein Angebot überdacht haben. Am besten treffen wir uns persönlich, um dies zu besprechen. Komm Freitag um acht Uhr morgens in mein Büro. Ich werde einen Termin für die Rezeption vereinbaren und meine Sekretärin wird Sie hereinlassen.

Catherine "

Die kurze E-Mail war mehr als genug, um Julias Interesse erneut zu wecken.

Sie griff in ihre Handtasche, um Catherines Visitenkarte nach der Adresse ihres Büros in der Innenstadt zu durchsuchen.

Sie nutzte das Internet und suchte nach Wegbeschreibungen, um von zu Hause dorthin zu gelangen, und stellte sicher, dass ihr Zeitplan für Freitagmorgen klar war.

ZWEITER TEIL
Der Sklavenraum

KAPITEL 4

Julia stand nervös im Aufzug, als er in das große Gebäude stieg.

Sie trug ein Button-Down-Hemd mit einem Bürorock, um im Unternehmensumfeld angemessen auszusehen.

Als der Aufzug endlich den Boden erreichte, suchte Julia schüchtern nach Catherines Büro in der fremden Gegend für sie.

Als er sie fand, näherte er sich einer jungen Sekretärin, die ihn ins Büro erlaubte.

Er schluckte lautlos schwer, als er eintrat und bemerkte, dass er gerade Catherines Büroarbeit unterbrochen hatte, was auch immer es zu der Zeit war.

"Bitte nehmen Sie Platz", sagte Catherine höflich hinter ihrem Schreibtisch. "Ich bin froh, dass du deine Meinung über eine mögliche Beziehung geändert hast."

Julia setzte sich und entspannte sich.

"Nun, ich habe darüber nachgedacht und festgestellt, dass es wahrscheinlich etwas mit gutem Geschmack ist."

"Schauen Sie sich mein Büro an. Natürlich ist alles, was ich tue, geschmackvoll", sagte die Geschäftsfrau scherzhaft.

"Das kann ich definitiv sehen."

"Und ich bin sicher, das Geld, das ich anbiete, hat Sie überzeugt, ist das richtig?"

Julia wurde rot.

"Das ist ein Teil davon."

"Gut", stimmte Catherine zu. "Ich schätze deine Ehrlichkeit. Es ist keine Schande, mehr Geld zu wollen."

"Geld ist immer gut. Ich bin nicht gerade reich. Aber vor allem liebe ich die Kunst der Fotografie. Ich liebe es, Bilder von Menschen aufzunehmen, die ein Leben lang halten. Sie scheinen eine wirklich

"Ich möchte, dass Sie alles außer den Gesichtern fotografieren. Diskretion ist von größter Bedeutung, da meine Unterwürfigen größtenteils wohlhabende Personen sind. Sie dürfen nicht wissen, wer sie sind. Sie werden die ganze Zeit maskiert."

Julias Finger zuckten.

"Ich werde ehrlich sein. Das alles scheint mir seltsam. Ich wurde noch nie gebeten, Teil von so etwas zu sein. Ich habe diese Dinge noch nicht einmal auf Video gesehen, was nicht bedeutet, dass ich keinen Porno gesehen habe. Es ist alles sehr neu für mich."

"Also beneide ich dich", antwortete Catherine.

"Wirklich warum?"

"Weil du das zum ersten Mal mit jungfräulichen Augen erforschen wirst."

"Das wird definitiv der Fall sein", antwortete Julia.

"Sag mir, bist du zufrieden mit deinem Sexleben?"

"Was meinen Sie?"

"Bist du sexuell zufrieden?" Fragte Catherine unverblümt. "Kommst du wie du willst? Möchtest du bessere Orgasmen haben? Möchtest du, dass jemand dich mit Leib und Seele verarscht?"

Julia war überrascht von den Fragen der angesehenen Geschäftsfrau.

"Mein Sexualleben könnte besser sein", gab er zu. "Ich bin Single. Ich bin schon lange nicht mehr zusammen. Es ist der persönliche Preis, den ich für die Führung meines eigenen Geschäfts zahle."

"Also masturbierst du wahrscheinlich viel."

"Mehr oder weniger."

Catherine nahm einen Stift und einen Notizblock und begann zu schreiben.

Als er fertig war, gab er Julia die Notiz.

"Das ist die Adresse meiner Wohnung", sagte Catherine. "Das nächste Shooting ist Samstagabend um 22:00 Uhr. Seien Sie nicht zu spät. Sie erhalten fünfhundert Dollar für die gesamte Stunde. Machen Sie Fotos von allem, was Sie wollen, außer Gesichtern oder allem, was zur Identifizierung von Personen verwendet werden kann. Die Bilder gehören ausschließlich mir. Bitte posten Sie sie nirgendwo. Meine Sekretärin hat einen Vertraulichkeitsvertrag und Formulare, die Sie unterschreiben können, wenn Sie mein Büro verlassen. Das ist alles für jetzt. "

Julia stand auf.

"Danke. Ich freue mich auf unser Treffen am Samstag."

Catherine stand ebenfalls auf und die beiden Frauen gaben sich die Hand, um den Deal beiläufig abzuschließen.

"Noch eine Sache, trage ein schönes Kleid, wenn du rüber kommst. Ich möchte, dass du gut aussiehst."

Der Ausdruck auf Julias Gesicht veränderte sich.

In diesem Moment hatte er gerade gemerkt, worauf er sich einließ.

KAPITEL 5

Nach einem Treffen mit der Sekretärin zur Unterzeichnung der Formulare und Vereinbarungen verließ Julia schnell das Firmengebäude, um frische Luft zu atmen.

Sein Geist war eine Mischung aus Emotionen.

Ich war neugierig, aber ich war nervös.

Ich war fasziniert, aber widerstrebend.

Er erkannte, dass dies alles in Führung lag, aber es war zu spät, um umzukehren.

Sie hatte bereits ihr Wort gegeben, die Verträge unterschrieben und es gab kein Zurück mehr.

Die Straße in der Innenstadt war voll und sie beobachtete, wie die Angestellten des Unternehmens zu ihren Zielen gingen, während sie völlig nervös stand.

Julia sah ein kleines Straßencafé und ging zur Schlange.

Er brauchte dringend etwas Starkes zum Trinken.

In dem Moment, als Julia in der Warteschlange stand, hörte sie eine Stimme, die sie von hinten anrief.

Sie drehte sich um und sah Catherines persönliche Sekretärin mit einem Lächeln auf sich zukommen.

Die Sekretärin war überraschend jung, Mitte zwanzig und sehr schön.

"Habe ich vergessen etwas zu unterschreiben?" Fragte Julia, als sich die Sekretärin näherte.

"Nein. All das ist erledigt. Ich bin in meiner Pause und wollte mit dir reden."

"Oh warum?"

"Ich weiß, wofür Sie eingestellt wurden", sagte er. "Als Sie die Dokumente unterschrieben haben, sahen Sie verängstigt aus, als würden Sie einen Vertrag für Ihr Leben unterschreiben."

"Kannst du mir die Schuld geben, dass ich mich so fühle?"

Die Sekretärin lächelte.

"Es ist ein normales Gefühl. Ich weiß genau, was du durchmachst."

"Du weißt es?" Fragte Julia.

"Ja. Nehmen wir an, ich habe einen ausführlichen Interviewprozess durchlaufen, um meinen Job als Catherines Sekretärin zu bekommen."

Julia brauchte nicht lange, um die Verbindung herzustellen.

Er erkannte sofort, dass die schöne junge Sekretärin Catherine sexuell unterwürfig war.

Julia tat ihr Bestes, um nicht überrascht zu werden.

"Also du und Catherine?" Fragte Julia suggestiv und neugierig.

Die Sekretärin nickte stolz.

"Ich habe mich für den Job beworben, weil ich wusste, dass ich nicht für eine erstklassige Unternehmensfrau qualifiziert war. Aber ich dachte, ich hätte nichts zu verlieren. Sie hat mich persönlich interviewt. Ich fand, dass sie mein Aussehen mochte. Und bevor ich es wusste, unterschrieb ich viele aus den gleichen Dokumenten, die Sie gemacht haben. Dann hat sie mich in ihre private Abenteuerwelt gelassen. "

"Warum erzählst du mir das? Ich möchte nicht unhöflich klingen, aber das sind nicht genau die Informationen, die geteilt werden sollten."

"Sieht so aus, als ob du vielleicht einen Freund brauchst. Ich möchte nicht, dass du nervös bist."

"Danke", antwortete Julia. "Ich bin allerdings schon nervös. Ich kann nicht anders, als das Gefühl zu haben, einen großen Fehler gemacht zu haben. Ich bin mir nicht sicher, ob ich mit so einem Fetisch umgehen kann."

"Ich dachte das Gleiche, als ich anfing, mich auf sie einzulassen. Ich hatte Angst, als ich ihren Bondage-Raum zum ersten Mal sah. Meine

Hände zitterten, als wir den Prozess begannen. Aber jetzt kann ich nicht darauf verzichten."

"Warum hast du deine Meinung geändert?" Fragte Julia.

"Vergnügen."

KAPITEL 6

Samstag Nacht.

Julia ging mit ihrer Kamera in der Tasche in die Wohnung und trug ein gelbes Kleid, das sie speziell für diesen Anlass gekauft hatte.

Es war neun Uhr nachts.

Er kam eine Stunde vor dem Termin an, als er mit dem Aufzug fuhr.

Pünktlich zu sein war Teil des Jobs.

Als sie zu Boden kam, ging Julia zu Catherines Wohnung und rief an.

Er musste nicht lange warten, bis Catherine die Tür barfuß in einem Seidengewand öffnete.

Catherines Haare waren gut gepflegt, ebenso wie ihr perfektes Make-up.

"Du bist früh dran", lächelte Catherine.

"Ich komme immer gerne früh an. Ist es ein Problem? Ich kann immer etwas später zurückkommen ..."

"Nein, nein, es ist in Ordnung. Komm rein. Ich bin froh, dass du früh dran bist. Es gibt uns die Möglichkeit, noch mehr zu reden."

Julia betrat die Wohnung und staunte über alles.

"Schöner Ort", sagte Julia bewundernd. "Das ist wunderbar. Ich habe so etwas noch nie in der Stadt gesehen."

"Es wird heute Abend viele Dinge geben, die du noch nie gesehen hast."

"Ich bin sicher, du hast Recht. Kann ich dein Bondage-Zimmer sehen? Ich würde jetzt gerne ein paar Bilder davon machen."

"Noch nicht", antwortete Catherine. "Ich möchte, dass du Fotos machst, wenn alles beginnt, nicht vorher."

"Gut."

"Ein bisschen ängstlich?"

Julia dachte einen Moment nach.

"Etwas. Aber mir geht es gut. Ich bin auf jeden Fall neugierig. Ich war noch nie Teil von so etwas."

"Du bist der Typ Frau, der das genießen wird. Ich kann es fühlen."

"Was bringt dich dazu das zu sagen?"

"Ich mache das schon lange", antwortete Catherine. "Ich kann viel über die sexuellen Gewohnheiten der Menschen erzählen, indem ich sie mir nur ansehe. Nach heute Abend werden Sie sicher wiederkommen. Sie werden süchtig. Vertrauen Sie mir."

Julia fühlte sich plötzlich unwohl mit Catherines Annahme.

Sie versuchte professionell und ernst zu bleiben.

"Also, was kannst du mir heute Abend über den Gast erzählen?" Fragte Julia und wechselte das Thema.

"Er ist reich. Er ist ein langjähriger Freund von mir. Normalerweise bekomme ich geschäftlichen Rat von ihm, aber sexuell nimmt er seine Befehle von mir entgegen. Sie werden sein Gesicht nicht sehen und Sie werden seine Identität nicht kennen."

"Wann wird er ankommen?"

"Es ist hier", lächelte Catherine.

"Er ist ...?"

Catherine deutete den Flur entlang.

"Es ist in meinem Hauptraum. Wollen Sie, dass wir einen Blick darauf werfen?"

Beide Frauen gingen den Flur der luxuriösen Wohnung entlang.

Julias Herzfrequenz stieg an, als würde sie ein Cardio-Training machen.

Ihr Herz schlug schnell, als Catherine die Tür zum Hauptschlafzimmer öffnete.

"Da ist es", sagte Catherine.

Julia war fast schockiert, als sie einen Mann mittleren Alters auf dem Bett sitzen sah, der nur seine Unterwäsche trug.

Sein Gesicht und sein Kopf waren mit einer schwarzen Ledermaske bedeckt.

In ihm waren Löcher, damit er sehen und sprechen konnte.

Er sah Julia direkt an.

Sein Körper spiegelte ihr Alter wider und seine Figur war weich und prall.

Ihre Hände waren mit einem Seil zusammengebunden.

"Was denkst du?" Fragte Catherine mit einem bösen Lächeln.

"Ich weiß nicht was ich denken soll".

"Nun, hast du Angst vor dem, was ich ihm antun werde? Macht dich das irgendwie an? Du musst ein paar Ideen dazu haben."

"Es ist sicherlich ein sehr provokantes Bild."

Catherine lächelte.

"Wenn Sie denken, dass dies provokativ ist, warten Sie, bis die Show beginnt. Es ist jedoch noch nicht Zeit."

Er schloss die Schlafzimmertür und sie standen im Flur.

"In der Zwischenzeit", sagte Catherine und betrachtete den Körper des Fotografen. "Ich dachte, ich hätte dir gesagt, du sollst heute Abend ein schönes Kleid tragen."

Julia schaute kurz auf ihr billiges gelbes Kleid.

"Entschuldigung. Das war das Beste, was ich finden konnte."

"Es ist nicht gut genug. Folge mir."

Die beiden Frauen gingen in einen anderen Raum am Ende der Halle.

Es war ein Gästezimmer, das genauso beeindruckend war wie der Hauptraum.

Das Zimmer war ordentlich und das Bett schien frisch gemacht.

Catherine öffnete den Schrank und sah kurz durch die große Auswahl an teuren Kleidern.

Als er fand, wonach er suchte, warf er es auf das Bett.

Es war ein schlankes, elegantes schwarzes Kleid.

"Zieh es an", sagte Catherine. "Ich möchte nicht, dass du mehr als das trägst, nicht einmal deine Schuhe."

"Was ist mit meinem BH und Höschen?"

"Weder noch. Ist das ein Problem?"

Julia schüttelte den Kopf.

"Nicht."

"Gut. Zieh dich in diesem Raum an. Ich bin bald zurück, sobald ich meine Stiefel angezogen habe und diese Robe los bin."

"Gut."

"Bist du dafür bereit?" Fragte Catherine.

"Ich bin."

"Du siehst unbehaglich aus. Es ist in Ordnung, nervös zu sein. Aber wenn du nicht weitermachen willst, ist das auch in Ordnung. Ich kann immer jemanden finden und ich werde dich sogar für heute Nacht bezahlen."

Julia holte kurz Luft.

"Nein. Ich möchte das tun. Ich werde das Kleid anziehen und bereit sein, wenn du es bist."

"Ausgezeichnet", lächelte Catherine, bevor sie sich umdrehte, um wegzugehen.

Julia wurde allein im luxuriösen Gästezimmer gelassen.

Sie schaute auf das schwarze Kleid, das auf dem Bett lag und fragte sich, wie viel es wert sein würde.

Es schien teuer.

Sie senkte die Kamera, zog ihr gelbes Kleid aus und warf es auf das Bett.

Er zog seine Schuhe aus.

Schließlich zog sie, wie Catherine es verlangte, ihren BH und ihr Höschen aus und stand nackt im Raum.

Er starrte auf ihr nacktes Aussehen im Spiegel und bemerkte, wie normal sie aussah.

Sie nahm das schwarze Kleid, zog es an und sah sich dann wieder im Spiegel an.

Diesmal sah sie ganz anders aus.

Sie sah aus wie eine Frau von Klasse und Eleganz.

"Schön", sagte Catherines Stimme aus der Halle.

Julia war überrascht, dass sie sie beobachtet hatten, aber sie war sich nicht sicher, wie lange.

Seine Augen weiteten sich, als er Catherine in einem schwarzen Korsett und langen schwarzen Stiefeln sah.

Catherines Aussehen stand in krassem Gegensatz zu ihrer üblichen Berufskleidung.

"Oh danke", antwortete Julia ruhig. "Du siehst auch wunderschön aus."

"Jetzt ist die Zeit gekommen. Ich habe mein spezielles Zimmer aufgeschlossen. Es ist den Flur hinunter. Warten Sie dort mit Ihrer Kamera auf mich, und ich werde unseren besonderen Gast mitnehmen. Sie können die Bilder frei machen, wie Sie wollen. Ich werde es Ihnen nicht geben." Anweisungen, wie Sie Ihre Arbeit erledigen. Es liegt an Ihnen. "

"Dankeschön."

Catherine trat zur Seite und zeigte Julia an, dass es Zeit war, alleine in den Bondage-Raum zu gehen.

Julia atmete leise und ging mit ihrer großen Kamera in der Hand an Catherine vorbei und ging den Flur hinunter in den offenen Raum.

KAPITEL 7

Der Bondage-Raum war groß und die Wände waren mit schwarzen Polstern bedeckt.

Es war ein sehr gut beleuchteter Raum.

Julias Augen wanderten über die verschiedenen Sexartikel und Gadgets, die ausgestellt waren.

Es gab eine große Auswahl an Dildos, Sexspielzeugen, Ketten und Klammern.

Es gab einen Stuhl und einen Tisch im Raum, die die einzigen verfügbaren Möbel waren.

An der Wand hing eine große Uhr, um sicherzustellen, dass jede Sitzung genau eine Stunde dauerte.

Erst als sie das Geräusch von Catherines Absätzen hörte, die auf den Boden klickten, erinnerte sich Julia daran, dass sie einen bestimmten Job zu erledigen hatte.

Sie kamen an und Julia bereitete ihre Kamera zum Fotografieren vor.

Das erste, was Julia sah, als sie den Raum betrat, war der Mann mittleren Alters, dessen Hände immer noch gefesselt und dessen Gesicht immer noch bedeckt waren, um seine Identität zu schützen.

Julia machte ein Foto von ihm.

Dann betrat Catherine den Raum.

Er trug eine glänzende goldene Maske, die sein Gesicht bedeckte, aber seine Haare frei fallen ließ.

Die Maske sah aus, als wäre sie im 15. Jahrhundert für eine königliche Familie geschaffen worden, dachte Julia.

Julia machte Fotos von Catherine, die den Mann in den Raum führte und dann die Tür schloss.

Julia sah neugierig zu, wie der gefesselte Mann knien musste.

Catherine befahl ihm, auf die Knie zu gehen und zu schweigen.

Julia machte mehr Fotos.

Catherine ging zu ihrer Sammlung von Sexspielzeugen und suchte nach dem, was sie wollte.

Er entschied sich schließlich für einen langen fleischfarbenen Dildo.

Aber sie war noch nicht fertig.

Sie band den Dildo an einen Gürtel und legte ihn dann über ihr Lederkorsett.

Julia machte mehr Fotos.

"Bist du heute Nacht bereit?" Catherine fragte ihren unterwürfigen Mann.

"Mmm ... Hmmm ...", murmelte er als Antwort.

"Guter Junge", sagte Catherine in herablassendem Ton. "Jetzt will ich, dass dein kleiner Hintern über den Tisch gebeugt wird."

Der Mann stand auf und stellte sich auf den Tisch, den Bauch darauf und die Beine auseinander.

Der Mann bewies, dass er dies schon mehrmals getan hatte und dass er jeden Moment genoss, egal wie stürmisch oder erniedrigend die Erfahrung für einen normalen Menschen schien.

Catherine nahm eine kleine Holzschaufel und begann sanft auf den Hintern des Mannes zu klopfen.

Zuerst war es weich, als würde sie sich um sein Wohlergehen kümmern.

Mit der Schaufel begann er ihn härter zu schlagen, dann noch härter.

Der Mann begann mit dem Mund zu murmeln, als die Schläge intensiver wurden.

Julia fühlte sich fast schlecht für ihn, machte aber ihren Job und machte stattdessen Fotos.

„Magst du das, kleines Schwein?“, Sagte Catherine und fuhr mit der Schaufel fort.

"Mmm ... Hmm ..."

"Ich habe noch etwas für dich."

Catherine legte die Schaufel hin und band die Hände und Knöchel des Mannes an verschiedene Ecken des Tisches.

Er wurde erwischt.

Sein ganzes Vertrauen wurde vollständig in Catherine gesetzt.

Es war nach seinem Willen und seiner Gnade.

Er schnappte sich eine Flasche Schmiermittel und bedeckte eine große Menge mit seiner Fingerspitze.

Julia machte Nahaufnahmen von Catherines geöltem Finger.

Dann machte Julia Nahaufnahmen des Fingers, der in den Anus des Mannes eindrang.

Er stöhnte, als er von Catherines Finger durchdrungen wurde.

Dann steckte er zwei Finger ein.

Dann drei.

Julia fragte sich, ob der Mann es genoss.

Aber das ging ihn nichts an.

Julias Aufgabe war es, ein Foto von der Penetration zu machen, und sie tat es, wobei die Kamera alles aufzeichnete.

Julias Magen sank fast, als sie sah, wie Catherine sich hinter dem Mann positionierte. Der große Penis an ihrer Taille zeigte direkt auf den ausgestreckten Hintern des Mannes.

Julia war bereit zu schreien und im Namen des hilflosen Mannes auf dem Tisch zu flehen.

Sie wollte diesen Wahnsinn in seinem Namen stoppen.

Aber sie tat es nicht.

Es war nicht seine Rolle.

Ihr Mund war ungläubig offen und sie senkte kurz die Kamera, damit sie das anale Eindringen mit ihren eigenen Augen sehen konnte.

Es war ein erschütternder Anblick.

Er hob die Kamera, zielte direkt auf die anale Penetration und machte weitere Fotos.

KAPITEL 8

Montag.

Es war früh am Morgen und Julia stand in ihrem dunklen Raum und entwickelte alle Fotos, die sie für Catherine gemacht hatte.

Insgesamt gab es mehr als zweihundert Bilder.

Die ersten Chargen waren fertig.

Die Bildqualität war gut und sie bewunderte ihre eigene Arbeit.

Er wusste, dass Catherine mit der Art und Weise, wie er den Bondage-Raum eroberte, zufrieden sein würde.

Er wusste, dass Catherine auch gerne hätte, wie der unterwürfige Mann gefangen genommen wurde.

Es gab Bilder, die Catherine in ihrem Outfit festhielten, und es gab Nahaufnahmen der goldenen Maske.

Julia schaute kurz auf den Rest der Filmstreifen, die sie genommen hatte.

Er betrachtete die Bilder des Mannes, der an dem Sexobjekt saugte, verprügelt und dann für eine lange Zeit vom großen Gürtel sodomisiert wurde.

Sein Herzschlag stieg.

Dann betrachtete er die Bilder des Mannes, der von Catherine erschüttert wurde.

Er hatte eine massive Ladung Sperma auf den Boden geschossen, die er dann mit seiner Zunge reinigen musste.

Julia spürte ein brennendes Gefühl zwischen ihren Beinen.

Sie war in ihrem dunklen Raum erregt, genauso wie sie in Catherines Bondage-Raum gewesen war.

Sie knöpfte ihre Hose auf und ließ ihre rechte Hand über ihr Höschen gleiten.

Er sah zu, wie der Film entwickelt wurde, der Mann saugte auf den Knien am Dildo und berührte sich sexuell.

Er erinnerte sich an alles, was er fühlte, als er zum ersten Mal alles sah.

Sie stellte sich vor, wie er sodomisiert wurde und Catherine ihn masturbierte.

Sie berührte sich und dachte an den Mann, der an Catherines Titten saugte.

Er dachte an all die verbal erniedrigenden Kommentare, die er gemacht hatte, und an die schwierige Situation, in die er gebracht wurde.

Dann stellte sich Julia in der Position des Mannes vor.

Sie fragte sich, ob sie es genießen könnte, einen Dildo zu lutschen und in einer so erniedrigenden Position sodomisiert zu werden.

Als sie in der Dunkelkammer einen Orgasmus hatte, wurde ihr klar, dass die Antwort ja war.

DRITTER TEIL
Goldene Maske und schwarzes Kleid

KAPITEL 9

Zwei Monate später trug Julia ein neues Kleid, als sie in Catherines Büro ging.

Sie hatten sie zu einem privaten Treffen eingeladen.

Als er ohne zu zögern zu Boden ging, führte er eine kurze Diskussion mit der Sekretärin und durfte Catherines Büro betreten.

Die beiden Frauen begrüßten sich mit einer Umarmung und saßen beide auf ihren jeweiligen Sitzen. Catherine saß hinter ihrem großen Schreibtisch und Julia saß ihr gegenüber.

"Ich kann ehrlich sagen, dass Sie der beste Angestellte sind, den ich je hatte", erklärte Catherine. "Das bedeutet etwas angesichts der Anzahl qualifizierter Mitarbeiter, die im Laufe der Jahre für mich gearbeitet haben."

Ein Gefühl des Stolzes überkam Julia.

"Danke. Ich gebe mein Bestes."

"Magst du es, mich als Arbeitgeber zu haben? Ich habe den Ruf, eine echte Schlampe zu sein, was verdient ist."

"Ich glaube nicht, dass du überhaupt eine Schlampe bist", antwortete Julia spielerisch. "Ich denke, Sie sind eine starke Frau. Und Sie sind mit Sicherheit der faszinierendste Arbeitgeber, den ich je hatte. Jede Woche ist eine erstaunliche Sache. Ich liebe es. Ich freue mich immer auf unsere Treffen."

"Nun, leider werden Ihre Dienste nicht mehr benötigt", sagte Catherine in einem direkten Geschäftston. "Sie haben Ihre Hausaufgaben erledigt und alle meine Unterwürfigen fotografiert. Ich denke, Sie haben einen wunderbaren Job gemacht. Ihre Arbeit hat meine Erwartungen weit übertroffen."

Julia war überrascht.

Er hatte es geliebt, Catherines geheimes Sexleben zu genießen, zu beobachten und zu fotografieren.

Am Samstagabend in ihre Wohnung zu gehen, war ihr Nervenkitzel der Woche.

Und er masturbierte jedes Mal privat, wenn er nach Hause kam.

Er hatte auch wöchentlich Catherines Gesellschaft geliebt.

"Na ja, ich bin froh, dass dir meine Arbeit gefallen hat", antwortete Julia und versuchte, nicht am Boden zerstört zu klingen.

"Ich bin nicht der einzige, der es mag. Alle meine männlichen Unterwürfigen sind sich einig, dass Sie mit Ihrem Foto einen außergewöhnlichen Job gemacht haben. Sie erhalten dafür einen beträchtlichen Bonus. Wenn Sie mein Büro verlassen, wird meine Sekretärin dies tun und Ihnen einen Umschlag geben. mit dem Geld ".

"Das ist sehr nett von dir."

Catherine lächelte.

"Es ist kein Problem."

"Gibt es eine Möglichkeit, dass ... wir ... damit weitermachen können?" Fragte Julia mit aller Zuversicht, die sie aufbringen konnte. "Als Fotograf denke ich, dass wir noch viel mehr Dinge erforschen können, die wir noch nicht getan haben."

Catherine hob eine Augenbraue.

"Wirklich? Also will der schüchterne kleine Fotograf weiter für mich arbeiten. Das ist interessant."

"Nun, ich interessiere mich für dein Hobby", gab Julia trotz ihrer selbst zu. "Es ist etwas Faszinierendes, und ich denke, wir haben gemeinsam großartige Arbeit geleistet, um Kunst zu machen."

Catherine dachte einen Moment darüber nach.

"Ich habe vielleicht noch etwas für dich. Keine Garantien. Aber es könnte außerhalb deiner Reichweite sein."

Julias Aufmerksamkeit wurde plötzlich geweckt.

"Was ist es?"

"Der Fetisch der Sklaverei ist in der Geschäftswelt häufiger anzutreffen als man denkt. Er ist bei mächtigen Männern sehr beliebt, weil sie es lieben, die Rollen zu wechseln. Sie lieben es, verführerischen Frauen die Kontrolle zu geben, nachdem sie alle die Chefin sind. der Tag. Interessieren Sie sich bisher? "

"Versicherung."

"Großartig. Ich werde mich mit den Veranstaltern in Verbindung setzen, um zu sehen, ob Sie mitmachen können."

"Veranstaltung?" Fragte Julia.

"Ja, es ist ein kleines Ereignis, das hin und wieder passiert. Es ist im Grunde eine Sklavenparty, bei der die Reichen und Mächtigen wirklich Spaß haben, wie Erwachsene."

"Das klingt nach etwas, das ich gerne sehen würde."

Catherine lächelte.

"Du hast keine Ahnung. Es ist so schmutzig und vulgär, dass jeder maskiert ist. Alles ist völlig diskret. Außerdem ist es eine Tradition."

"Was würde ich dort machen?"

"Machen Sie Fotos. Was wäre das noch? Vielleicht möchten die Veranstalter ein paar schöne Fotos für Souvenirs oder ähnliches."

"Das kann ich definitiv", antwortete Julia. "Um ehrlich zu sein, seit ich angefangen habe, Bilder von deinen Bondage-Sessions zu machen, scheint alles andere, was ich bei der Arbeit mache, im Vergleich sehr langweilig."

Catherine lächelte.

"Ich wusste, dass es dir gefallen würde. Du bist so ein Mädchen. Wenn du mich jetzt entschuldigst, habe ich in ein paar Minuten ein Date."

"Oh, natürlich. Danke für deine Zeit."

Julia stand auf und streckte ihre Hand für einen Händedruck aus, bevor sie ging.

"Noch eine Sache", fügte Catherine hinzu. "Meine anderen Freunde spielen nicht immer legal. Wenn du also weiter für mich arbeiten willst, musst du in Sicherheit sein."

"Ich bin sicher."

Catherine nickte.

"Das habe ich mir gedacht. Wir bleiben in Kontakt. Und wir melden uns bald bei Ihnen."

KAPITEL 10

Eine Woche später.

Es war früher Dienstagmorgen.

Julia wurde durch eine Reihe von Klopfen an der Tür geweckt.

Er stand auf, sah sich kurz im Spiegel an und öffnete die Tür.

Zu seiner Überraschung war es Catherines Sekretärin, die ein kleines Päckchen in der Hand hielt.

"Guten Morgen", sagte die Sekretärin mit einem strahlenden Lächeln.

"Guten Morgen, komm rein."

Die Sekretärin betrat die kleine Wohnung mit dem Paket und Julia schloss die Tür.

"Tut mir leid, Sie so früh zu stören", sagte die Sekretärin. "Ich bin den Rest des Tages beschäftigt, also war dies das einzige Mal, dass ich hatte."

"Mach dir keine Sorgen. Willst du einen Kaffee oder ein Getränk?" Fragte Julia.

"Mir geht es gut, vielen Dank."

"Also, was bringt dich heute Morgen hierher?"

"Catherine hat die Organisatoren der Veranstaltung kontaktiert", antwortete die Sekretärin. "Jeder liebt Ihre Arbeit und denkt, Ihre Fotos wären willkommen."

"Das sind großartige Neuigkeiten. Ich würde gerne teilnehmen."

"Es gibt jedoch eine Bedingung."

"Was ist es?" Fragte Julia.

"Das Bondage-Event ist exklusiv und es ist kein Fremder erlaubt. Daher benötigen Sie eine Einweihung, bevor Sie dort Fotos machen können."

Die Nachricht weckte Julia lauter als jede Tasse Kaffee.

"Was meinen Sie?"

"Es gibt einen Einführungsprozess für neue Mitglieder. Mir wurde gesagt, dass es keinen Weg daran vorbei gibt. Sie müssen, wenn Sie weiter für Catherine arbeiten möchten."

"Nun, was erfordert diese Einweihung? Etwas Extremes?"

"Es ändert sich jedes Mal", antwortete die Sekretärin. "Ich wurde vor ein paar Jahren initiiert und es war ziemlich ruhig. Aber für andere Leute, wow. Ich wünschte nicht, es wären sie gewesen."

Julia spürte plötzlich, wie sich ihre Gedanken drehten.

Er wollte den Job mehr als alles andere und er wollte Catherine nicht enttäuschen, indem er sich weigerte.

"Sag Catherine, dass ich es tun werde", sagte Julia.

Die Sekretärin lächelte und stellte das Paket auf einen Tisch in der Nähe.

"Sie wusste, dass Sie interessiert sein würden. Das ist für Sie."

"Was ist es?"

"Öffne es und du wirst sehen."

Julia hob den Deckel der Packung und sah eine goldene Maske auf einem dünnen schwarzen Tuch.

Die Maske war elegant und ähnlich der, die Catherine während jeder Bondage-Sitzung trägt.

"Wofür ist das?" Fragte Julia und nahm die Maske, um sie zu untersuchen.

"Du musst sie zu der Veranstaltung tragen. Sie ist der gleiche Typ wie Catherine, was die Leute wissen lässt, dass du ihr Gast und ihre Unterwürfige bist."

Julia sah ihn weiter an.

"Es ist eine schöne Maske."

"Das ist es sicherlich. Es gibt auch ein Outfit im Paket. Du musst es tragen. Nichts anderes als die Absätze."

Julia hob das dünne schwarze Tuch aus der Packung.

Es war völlig transparent.

"Darf ich sonst nichts darunter tragen?" Fragte Julia.

"Nein, nichts. Die Veranstaltung beginnt am Samstag um sieben Uhr nachmittags. Ein Fahrer wird Sie um sechs Uhr abholen. Seien Sie also vorbereitet. Sie dürfen einen Mantel tragen, der Ihren Körper bedeckt, wenn Sie zum Auto gehen, aber ziehen Sie ihn einmal aus Komm zur Veranstaltung. Vergiss nicht, deine Maske und deine Kamera mitzubringen. "

"Kann ich dir eine persönliche Frage stellen?"

"Sicher", antwortete die Sekretärin.

"Glaubst du, ich kann das durchstehen? Ich meine, denkst du, ich kann damit umgehen, was auf der Veranstaltung passiert?"

Die Sekretärin lächelte.

Es gibt nur einen Weg, es herauszufinden. "

KAPITEL 11

Samstag Nacht.

Die Aufzugstür öffnete sich und Julia ging schnell durch die Lobby ihres Wohnhauses.

Sie trug High Heels und einen großen Mantel.

Darunter trug sie das transparente schwarze Kleid und sonst nichts.

Er hielt das Paket mit der goldenen Maske und einer weiteren Schachtel mit seiner Kamera in der Hand.

Sie ging so schnell sie konnte, damit niemand sie sehen konnte.

Ein schwarzes Auto wartete auf sie, und der Fahrer hielt die Tür offen.

Als er ins Auto stieg, sah er Catherine auf dem Rücksitz sitzen.

Sobald Julia Platz genommen hatte, schloss der Fahrer die Tür und ging zu ihrem Ziel.

"Du siehst in diesem Outfit süß aus", sagte Catherine. "Es ist schön dich in etwas zu sehen, das etwas sexier ist als das, was du normalerweise trägst."

"Danke. Du siehst auch toll aus."

Julias Augen wanderten über Catherines Körper, der viel nackter war.

Catherine schämte sich nicht, im Auto zu sitzen und nur ein dünnes schwarzes Kleid zu tragen.

Jede Kurve an ihrem Körper war vollständig sichtbar und ihre großen braunen Brustwarzen waren durch das dünne Material zu sehen.

"Sie scheinen ein wenig nervös zu sein", sagte Catherine.

"Mehr oder weniger. Dieser ganze Prozess ist ziemlich einschüchternd für mich. Ich habe gehört, dass es eine Einweihung gibt, die ich durchmachen muss."

Catherine lächelte.

"Du hast das Richtige gehört."

"Kannst du mir wenigstens eine Vorstellung davon geben, was passieren wird?" Fragte Julia schüchtern.

"Ich fürchte nicht, Schatz. Aber mach dir keine Sorgen. Du bist in guten Händen."

"Ich hoffe es. Gott, das ist ein bisschen beängstigend."

"Warum bist du dann hier?" Fragte Catherine unverblümt. "Was ist der wahre Grund? Es muss mehr als professionelle Neugier sein. Gib es zu, du bist eine geheime Hure."

"Ich bin keine Hure."

"Dann sollte ich vielleicht den Fahrer bitten, dieses Auto umzudrehen und es zu Ihrer Wohnung zurückzubringen.

"Warte", antwortete Julia schnell. "Ich bin hier, weil mir gefällt, was du tust. Ich finde es aufregend. Ich möchte dich weiter beobachten."

"Hast du Fantasien mitzumachen? Hast du jemals daran gedacht, verprügelt zu werden und gezwungen zu sein, einen Gürtel in eines deiner engen Löcher mit dir zu tragen?"

"Ja, ich will."

Ein böses Lächeln erschien auf Catherines Gesicht.

"Natürlich. Ich wusste, dass du von dem Tag an, an dem ich in dein Studio ging, Einreichungspotential hattest. Normalerweise sind es die ruhigen Mädchen, die sich als die größten Schlampen herausstellen."

"Ich bin keine Hure."

"Die Einweihung sollte sich darum kümmern. Denken Sie daran, niemand zwingt Sie, hier zu sein. Sie können gehen, wann immer Sie wollen."

Ein Schauer der Angst und Aufregung wurde über Julias Wirbelsäule geschickt.

Er fragte sich, worauf Catherine sich bezog, aber Catherine drehte nur mit einem leichten Lächeln den Kopf und sah aus dem Autofenster.

VIERTER TEIL
Schmerz und Vergnügen

KAPITEL 12

Sicherheitstore wurden geöffnet und das Auto durfte das große Grundstück betreten.

Das Auto hielt vor einer Villa an, und die beiden Frauen stiegen aus.

"Hier setzen wir unsere Masken auf", sagte Catherine. "Und zieh deinen Mantel aus. Zeit, deinen schönen Körper zu zeigen."

Julia zog ihren Mantel aus und warf ihn ins Auto.

Eine leichte Windbrise erinnerte ihn daran, wie verletzlich er war.

Sie spürte, wie der Raum zwischen ihren Beinen von der kalten Luft prickelte.

Ihre rosa Brustwarzen versteiften sich nach einer zweiten Brise.

Julia schloss ihre Beine fest, um ihre Weiblichkeit zu verbergen.

Beide Frauen zogen ihre Goldmasken an.

Julia griff ins Auto und griff nach ihrer Kamera.

Sie schlossen die Türen und das Auto fuhr davon.

Der Eingang zum Herrenhaus wurde von zwei kräftigen Männern bewacht.

Sie trugen auch Masken und schwiegen, als sich die beiden Frauen ihnen näherten.

"Passwort, bitte", fragte einer der maskierten Sicherheitskräfte.

"Handtuch", antwortete Catherine.

"Sie können Damen fortfahren."

Der Wachmann öffnete die Tür und sie betraten die Villa.

Julia staunte über die Extravaganz des Gebäudes.

Es sah aus, als wäre es für eine königliche Familie gebaut worden.

An den Wänden waren Gemälde, Dekorationen und Sammlerstücke ausgestellt.

Der Eingang, durch den sie eintraten, war von einem großen roten Teppich bedeckt.

Sie gingen durch eine große Halle.

"Sie müssen eine Weile im Gästezimmer warten", sagte Catherine. "Jemand wird in Kürze nach dir suchen."

Julia holte tief Luft.

"Gut."

"Es wird dir gut gehen. Beruhige dich."

"Kannst du mir sagen, was passieren wird?" Fragte Julia. "Ich wäre weniger nervös, wenn ich es wüsste."

"Nein. Warten Sie im Raum, bis jemand für Sie kommt. Lassen Sie Ihre Maske auf und lassen Sie Ihre Kamera dort. Es wird genügend Zeit geben, um später Fotos zu machen."

Catherine öffnete die Tür und bedeutete Julia, den Raum zu betreten.

Das Gästezimmer war einfach, mit einigen Holzmöbeln.

Julia holte tief Luft und trat ein.

KAPITEL 13

Er verlor den Überblick darüber, wie lange er gewartet hatte.

Sie nahm nie ihre Maske ab.

Nachdem sie sich beim Sitzen und Warten gelangweilt hatte, stand Julia vor einem Spiegel und sah sich an.

Die Maske war sehr schön.

Und er konnte nicht aufhören darüber nachzudenken, wie ihre rosa Brustwarzen und ihre Vagina durch den dünnen Stoff des Kleides sichtbar waren.

Sie fragte sich und ihre Gründe, dort zu sein.

Bevor er mehr nachdenken konnte, klopfte es an der Tür.

Eine Frau trat völlig nackt ein und trug nur eine goldene Maske.

"Folge mir", sagte die nackte Frau mit leiser Stimme.

Julia folgte ihr aus dem Raum und in den Flur.

Es war dunkler geworden.

Viele der Lichter waren ausgeschaltet worden und es brannte eine große Anzahl von Kerzen in alle Richtungen.

Auf dem Flur stand eine Gruppe maskierter Menschen.

Einige waren nackt, andere trugen Anzüge.

Sie alle trugen Masken.

Sie standen im Kreis, in der Mitte stand Catherine.

Catherine war bis auf die Maske völlig nackt.

Es war das erste Mal, dass Julia Catherines völlig nackten Körper sah.

Julia bewunderte ihre straffe Figur und die üppigen Kurven mit den großen braunen Brustwarzen.

Julia wurde in die Mitte des Kreises geführt und stand direkt vor Catherine.

Die anderen maskierten Gäste im Raum schwiegen.

"Willkommen Julia", sagte Catherine. "Das Komitee hat beschlossen, sie in unseren privaten Club aufzunehmen. Es war keine leichte Entscheidung, aber die Qualität ihrer Arbeit und ihre Diskretion haben ihren Eintritt ermöglicht. Es gibt jedoch Bedingungen für diese Annahme. Möchten Sie wissen, was sie sind?"

"Ja", nickte Julia nervös.

"Erstens müssen Sie sexuelle Unterwerfung erfahren, damit die Gruppe sie sehen kann. Zweitens muss ich während des Prozesses fünfzehn Kleidungsclips an Ihrem Körper tragen. Schließlich müssen Sie in der nächsten Stunde mindestens zweimal zum Orgasmus kommen. Alle Bedingungen sind erfüllt Obligatorisch. Sie können sie akzeptieren oder gehen. "

Julia holte tief Luft.

"Genau."

"Sagen Sie uns, warum Sie akzeptieren. Warum möchten Sie, dass Ihnen so schmerzhafte und erniedrigende Handlungen angetan werden? Sie sind ein sehr süßes Mädchen."

Julia dachte einen Moment nach.

"Ihre Sitzungen in den letzten zwei Monaten zu sehen, hat mir die Augen für etwas Neues geöffnet. Ich möchte weiterhin ein Teil davon sein."

"Auch wenn es bedeutet, diese Einweihung durchlaufen zu müssen?" Fragte Catherine.

"Ja."

"Und was macht dich das?"

"In einer Hure."

Catherine nickte.

"Zieh dein Outfit aus. Zeig uns deinen schönen Körper."

Julias Wirbelsäule war kalt.

Trotz der Masken spürte Julia, wie alle Augen im Raum erwartungsvoll warteten.

Sie zog das durchsichtige Outfit auf die Füße und stand völlig nackt da.

Sie widerstand dem Drang, ihre Beine zu kreuzen, und ließ ihren glatt rasierten Schritt unbedeckt bleiben.

Sie widerstand auch dem Drang, ihre kleinen Brüste zu bedecken und ließ ihre rosa Brustwarzen herausspringen.

Catherine trat vor und war nur Zentimeter von Julia entfernt.

Er streckte die Hand aus, berührte Julias kleine Brust und streichelte sie sanft mit seiner Hand.

Er umkreiste die rosa Brustwarze mit seinem Finger und drückte sie fest.

"Ohh ...", keuchte Julia.

"Tue ich dir weh?"

"Ein bisschen."

"Hören wir dann auf?"

Julia wusste, dass sie ihr ein subtiles Ultimatum stellten.

"Nein. Bitte hör nicht auf."

Catherine drückte die Brustwarze noch fester und ließ Julia wieder nach Luft schnappen.

"Das mag dir vielleicht zuerst nicht gefallen. Aber du ..."

Eine maskierte nackte Frau kam auf sie zu und hielt ein Kissen mit einem kleinen Haufen Wäscheklammern in der Hand.

Catherine nahm einen der Clips, öffnete ihn und legte ihn auf Julias Brustwarze.

Langsam ließ er den Clip nach und nach die Brustwarze drücken.

Catherine ließ die Klammer los, die den Nippel fest zusammendrückte und ihn anschwellen ließ.

"Es tut sehr weh", sagte Julia mit leiser Verzweiflung.

"Willst du aufhören? Die Bedingungen sind nicht verhandelbar."

"Wie lange wird der Clip dort sein?"

"Bis du heute Abend zweimal zum Orgasmus kommst. Ich kann die Dinge beschleunigen, wenn du willst. Für einen Anfänger wie dich wäre es einfacher."

"Bitte..."

Catherine suchte nach einer anderen Wäscheklammer und benutzte sie gnadenlos an Julias anderer Brustwarze.

"Ahhh ...", schrie Julia.

"Das sind bisher zwei Clips. Noch dreizehn."

"Wo wirst du sie hinstellen?" Fragte Julia fast verängstigt.

Catherine beugte sich vor und flüsterte Julia ins Ohr.

"Wie wäre es mit deinen Schamlippen? Das ist der traditionelle Ort für eine Frau. Möchtest du aufhören zu leiden oder unserem Club beitreten?"

Es war der Punkt ohne Wiederkehr.

Julia entschied sich in einem Moment, obwohl ihre Brustwarzen wund waren.

Ihre Brustwarzen färbten sich dunkelrot statt rosa.

"Ich weigere mich aufzuhören."

"Dann leg dich auf den Rücken. Und spreize deine Beine."

Julia lag mit weit gespreizten Beinen auf dem Teppichboden auf dem Rücken.

Ihre Weiblichkeit war völlig entblößt und wartete auf den Schmerz der Kleidungsclips.

Catherine kniete nieder und nahm sich Zeit, um die Muschi vor sich zu untersuchen.

Sie studierte es und bewunderte es.

Catherine nahm eine Wäscheklammer, öffnete sie und hob die linke Seite von Julias Lippen.

"Das kann ein bisschen weh tun", warnte Catherine. "Du bist eine erwachsene Frau. Also benimm dich wie eine."

Mit diesen Worten der Vorsicht ließ Catherine den Clip grausam los, was dazu führte, dass sie plötzlich ihre Lippen zusammenzog und Julia schrie.

Catherine lächelte und griff nach einem weiteren Clip, diesmal und ließ ihn sanft an ihren Lippen los.

Der Druck des zweiten Clips bewirkte, dass die Lippen ihre Form änderten.

Catherine setzte den Vorgang fort, bis die linke Seite von Julias Lippen mit Wäscheklammern bedeckt war.

"Wie fühlt sich deine Muschi an?" Fragte Catherine.

Julia legte ihren Kopf auf den Teppich und bekämpfte den Schmerz ihrer Brustwarzen und Lippen, die von den Kleidungsklammern zusammengedrückt wurden.

"Es tut mir sehr weh".

"Es zeigt, dass Sie ein Mensch sind. Ich bin stolz darauf, dass Sie so lange bestehen. Ihre Initiation ist schwieriger als die der meisten anderen, weil Ihre finanzielle Erfahrung nicht mit unserer identisch ist und Sie keine Geschichte der Sklaverei haben."

"Ich verstehe es."

"Gute Schlampe. Der schwierige Teil ist fast vorbei."

Catherine griff nach einem weiteren Kleidungsclip und legte ihn diesmal sanft auf Julias rechte Lippen.

Julia wich nicht mehr zurück und stöhnte nicht.

Sie hatte sich bereits an die Schmerzen in ihren sensiblen sexuellen Bereichen gewöhnt.

Das Muster wurde fortgesetzt, bis alle Clips an Julias Muschi verwendet wurden.

Die einst süße und attraktive Vagina war plötzlich deformiert.

Die Vaginallippen waren wie Ton in verschiedene Richtungen gespannt.

Catherine schaute in Julias rosa Muschi und sah, dass sie nass war.

"Du bist bereit für deinen ersten Orgasmus", sagte Catherine. "So ist es nicht?"

"Ich bin."

Catherine peitschte ohne Vorwarnung die Mitte von Julias Muschi.

Der Schock ließ Julia in einer seltenen Kombination aus Schmerz und Vergnügen aufschreien.

Die Prügel von Julias Muschi gingen weiter, bis Catherines Fingerspitzen mit Vaginalflüssigkeiten bedeckt waren.

"Du bist durchnässt, meine Liebe", sagte Catherine. "Ich denke du bist bereit."

Damit steckte Catherine zwei Finger in ihre Fotze und benutzte die Finger ihrer anderen Hand, um mit Julias Kitzler zu spielen.

Es war eine kraftvolle Kombination.

Seine Finger waren geschickt darin, andere Frauen sexuell zu erfreuen.

Mit den Fingern wurde auf besondere und geschickte Weise gearbeitet.

Julia stöhnte vor Vergnügen.

Sie kümmerte sich nicht mehr um die Gruppe maskierter Menschen, die sie beobachteten.

Zu diesem Zeitpunkt konnte sie nur an das brennende Gefühl in ihrer Muschi und ihren Brustwarzen denken.

Die Finger setzten ihre hektische Arbeit fort.

Catherine ging schneller und schneller mit mehr Intensität.

Julias Körper zitterte.

Sie stöhnte.

Catherine hatte das Gefühl, dass Julia kurz vor ihrem ersten Orgasmus stand, also arbeitete sie noch härter und berührte ihre heiße Muschi.

Julia wand sich, stöhnte und ihr Rücken krümmte sich.

Julia stieß einen lauten Schrei aus und ihre Finger kräuselten sich, dann entspannte sich ihr Körper.

"Das ist der erste Orgasmus bisher", lächelte Catherine und schaute auf ihre Finger, die mit Muschisaft bedeckt waren. "Jetzt ist die Zeit für den zweiten Orgasmus. Aber das wird etwas schwieriger. Du kannst aufhören, wann immer du willst. Fertig?"

"Ja."

Catherine schnippte mit den Fingern und zwei maskierte nackte Frauen kamen und wickelten Lederriemen um Julias Hände und Knöchel.

Julia wurde geführt, sich umzudrehen, so dass sie auf den Knien war.

Sie streckten Julias Hände und Knöchel aus und hängten sie an Haken am Boden.

Julia war verdeckt, völlig gefesselt und wehrlos.

"Dein letzter Test ist achtzehn Zoll an deinem Hintern. Mach dir keine Sorgen, Kitty, ich werde viel Schmiermittel für dich verwenden."

Julias Augen weiteten sich.

Die Bondage-Gurte an seinen Handgelenken und Knöcheln waren eng und er konnte nirgendwo hingehen, es sei denn, er beschloss aufzuhören, was seine Beziehung zu Catherine dauerhaft beenden würde.

Sie weigerte sich aufzugeben, selbst als sie spürte, wie Catherines Finger in ihren Arsch drückten.

Die Finger waren dick geschmiert.

Die Finger tasteten ihren kleinen Anus so weit sie konnten ab.

Catherine war nicht sehr nett.

Es war alles Geschäft für sie.

Also legte Julia einfach ihr maskiertes Gesicht auf den Boden und akzeptierte das Eindringen des Fingers in ihren Arsch.

"Ich werde den Riemen am Penis benutzen, den ich so oft bei meinen Unterwürfigen gesehen habe", sagte Catherine und beugte sich über Julias Körper. "Ich werde zuerst langsam fahren, aber ich hoffe du folgst später meinem Rhythmus."

Zu dieser Zeit hatte Julia Erinnerungen an all die maskierten Männer, die von Catherines verschiedenen Gürteln anal gefickt worden waren.

Julia hatte sich schon so oft vorgestellt, unterwürfig zu sein.

Aber sie hatte nie gedacht, dass es ihr tatsächlich passieren würde.

Die Spitze des Gurtes drückte fest gegen Julias Anus.

Catherine benutzte ihre Hände, um Julias Gesäß zu spreizen und das Sexobjekt in das kleine Loch eindringen zu lassen.

Julia stöhnte laut, als das Objekt in ihren Körper eindrang.

Es gelangte langsam in ihr Rektum.

Sie biss die Hände zusammen und biss die Zähne zusammen.

Als das Objekt seine langsame Reise in ihrem Arsch fortsetzte, öffnete sie den Mund und stöhnte auf.

Er fuhr fort, bis Catherines Schritt gegen seinen Rücken drückte.

"Tapferes Mädchen", sagte Catherine in Julias Ohr. "Die meisten Leute hätten inzwischen aufgehört. Nicht Sie. Sie sind fast fertig. Das wird sich in einem Moment gut anfühlen."

Catherine zog sich langsam aus Julias Rektum zurück, gab dann einen sanften Stoß und stieß ihn noch einmal tief hinein.

Er benutzte den Rhythmus langsam entsprechend Julias Spannung.

Jeder Stoß brachte Julia zum Stöhnen.

Julia sah sich im Raum um, als sie sodomisiert wurde.

Die maskierten Gäste schwiegen und sahen sich die Show an.

Er fragte sich, was sie von ihr halten würden.

Er fragte sich, ob sie aufgeregt waren.

Er fragte sich, ob sie auch in seinen Arsch wollen.

Der Stoß in Julias Arsch ging weiter.

Der Schmerz wurde bald von Vergnügen verbunden.

Ihre Brustwarzen und ihre Muschi waren immer noch wund von den Clips an ihren Kleidern.

Der Schmerz wuchs weiter, aber das Vergnügen glaubte auch mit gleicher oder größerer Intensität.

Ihr Anus schmerzte immer noch von dem 6-Zoll-Sexspielzeug, und sie war nicht ganz daran gewöhnt.

Aber in ihr wuchs ein seltsames Vergnügen.

Es war aufregend, von allen gesehen anal gefickt zu werden.

Es war sensationell.

Die Stöße wurden schneller und tiefer.

Catherine zeigte weniger Gnade und weniger Zärtlichkeit und er begann wirklich unhöflich gegenüber Julia zu sein.

Julia wurde wie eine von Catherines Unterwürfigen behandelt, was ein Kompliment an Julia war.

Das bedeutete, dass Catherine wusste, dass Julia stark und würdevoll genug war, um eine anale Bestrafung zu erhalten.

"Ich kann spüren, wie dein Orgasmus näher kommt", sagte Catherine, als sie drückte. "Komm für mich, Liebes. Tu es und trete unserem Club bei."

"Ich versuche es", keuchte Julia.

"Vielleicht hilft das, Kitty."

Catherine griff darunter und begann mit Julias Kitzler zu spielen, während sie sie sodomisierte.

Julias Sexualität wurde von allen Seiten angegriffen.

Ihre Brustwarzen schmerzten.

Seine Lippen schmerzten.

Sein Anus und sein Rektum wurden gnadenlos geschlagen.

Jetzt wurde ihr empfindlicher Kitzler massiert.

"Oh mein Gott!!!" Julia stöhnte.

Der Rücken der jungen Frau krümmte sich heftig, und ihre Hände und Füße ballten sich mit aller Kraft.

Flüssigkeiten sprudelten aus ihrer Muschi und bedeckten den Boden.

Zum zweiten Mal trat er erneut vor alle.

"Herzlichen Glückwunsch", sagte Catherine und rieb sich Julias Haare. "Sie sind jetzt Mitglied unseres Clubs."

Catherine entfernte langsam das Sexspielzeug von Julias Hintern und stand auf.

Sie beobachtete Julia auf dem Boden.

Julia war von der Zeit sexuell erschöpft und kehrte langsam zu sich zurück.

Die anderen maskierten Frauen kamen, um Julia zu lösen und die Klammern von ihren Brustwarzen und ihrer Fotze zu entfernen.

Julia stand auf und die anderen maskierten Gäste im Raum klatschten ihrem neuesten Mitglied zu.

EPILOG

Sechs Monate später.

Julia trug ein schönes Kleid, während sie im Aufzug wartete.

Sie hielt einen großen gelben Umschlag in der Hand.

Als er seine Wohnung erreichte, begrüßte er die Sekretärin mit einem vertrauten Lächeln.

Dann ging er in Catherines Büro.

Witze wurden ausgetauscht und Catherine öffnete den Umschlag, um die neu entwickelten Bilder zu betrachten, während sie sich beide hinsetzten.

"Du hast dich selbst übertroffen", sagte Catherine und sah sich die Fotos an. "Exquisite Arbeit. Die Kamerawinkel, die Beleuchtung, das Wetter. Diese sind perfekt. Unsere Freunde im Club werden sie lieben."

"Danke. Ich hoffe es gefällt euch."

"Es ist eine Schande, dass diese Bilder privat bleiben müssen. Ihr Talent als Fotograf sollte von viel mehr Menschen anerkannt werden."

"Ihre Anerkennung ist genug", sagte Julia kühn.

Catherine lächelte.

"Was für ein süßes Mädchen."

"Ich habe gesehen, wie mein Scheck auf den Schreibtisch der Sekretärin gelegt wurde. Ich bin sicher, es ist eine weitere großzügige Zahlung, für die ich sehr dankbar bin. Aber heute habe ich etwas mehr erwartet ... extra ..."

Catherine bückte sich in ihrem Büro, um ihr Höschen unter ihrem Rock auszuziehen.

"Sehr gut. Sie haben 30 Minuten vor meinem nächsten Treffen."

"Dankeschön."

Julia näherte sich beiläufig dem Schreibtisch.

Sie versuchte ihre Ungeduld zu verbergen, aber beide wussten, wie Julia sich wirklich fühlte.

Catherine spreizte die Beine und sah, wie Julia auf die Knie ging.

Das Limit war dreißig Minuten, also verschwendete Julia keine Zeit damit, die Muschi ihrer dominanten Herrin zu essen, bis sie den Punkt des Orgasmus erreichte.

ENDE

BDSM-FANTASIE

KAPITEL I

"Jetzt bist du wirklich in Schwierigkeiten geraten."

Ich schnaubte leise.

Es war ein sehr unladylike Sound, aber im Moment konnte ich nur darüber nachdenken, was als nächstes passieren würde.

Hatte er wirklich zwischen den Zeilen all unserer E-Mails gelesen?

Aus Online-Chats?

Von nächtlichen Telefonaten?

Vielleicht hätte es subtiler sein sollen.

Das sagen alle Magazine, oder?

Jungs brauchen mich, um ihnen zu sagen, was sie tun sollen.

"Entspann dich, Debbie."

Das Flüstern an meinem Ohr ließ mich springen.

"Leicht zu sagen, Harry."

"Shh. Ich komme wieder."

Ich holte tief Luft, blies es langsam aus und leckte meine trockenen Lippen.

Hatte er nur eine Stunde lang die Kontrolle gehabt?

Oder zumindest die Möglichkeit, wegzugehen?

Ich hörte ihn sich im Raum bewegen, der Fernseher schaltete sich wieder ein ... als er merkte, dass er darauf wartete, dass ich es mir bequem machte.

Ich schloss meine Augen, nicht dass es etwas ausmachte, da ich sowieso nicht durch die Augenbinde sehen konnte, und ich dachte an früher heute Abend ...

KAPITEL III

Das brachte uns zurück zu mir im Bett liegend, völlig nackt, mit verbundenen Augen und Händen am Kopfteil gebunden.

Harry saß oder stand in einem anderen Teil des Raumes und hörte Wiederholungen von Recht und Ordnung.

Ich bezweifelte sehr, dass er fernsah.

Ich konnte seine Augen wirklich auf mich spüren.

Und es war nicht so unangenehm, wenn Sie wissen, dass jemand Sie ansieht und sich fragt, warum und sich dann nervös umschaut, um den Täter zu finden.

Stattdessen spürte ich, wie sich die Hitze in mir ausbreitete, froh, dass ich einen Blick wert war.

Einige Minuten vergingen, die Serie ging zu einem Werbespot, und im Hintergrund hörte ich das deutliche Klicken der Hotelzimmertür, die sich öffnete und schloss.

"Harry?"

Es gab keine Antwort.

Ich versuchte nicht in Panik zu geraten, konnte aber nicht anders, als an meinen Fesseln zu ziehen.

Ich habe sonst niemanden im Raum gehört, was gut war.

Aber dennoch...

Meine Gedanken gingen über mich hinweg, als ich hörte, wie sich die Tür wieder öffnete.

Ich hielt den Atem an, hörte das Klirren von Eis in einem Glas und das Zischen einer Getränkedose, die sich öffnete.

Die Hitze eines anderen Körpers streifte meine rechte Seite und das Bett sackte unter dem Gewicht von jemandem zusammen, der saß.

Ich schnappte nach Luft, als eine kalte Handfläche meine rechte Brustwarze streifte.

"Hast du mich vermisst?"

Ich stieß einen zerlumpten Seufzer aus und war erleichtert, Harrys Stimme zu hören.

"Sag mir etwas, wenn du das nächste Mal gehst!"

"Es tut mir leid. Ich wollte dich nicht erschrecken."

Seine Lippen berührten meine.

Ich roch den Schwanz in seinem Atem.

Unsere Zungen flirteten für einen Moment und dann lehnte er sich zurück.

"Sollen wir anfangen?"

Ich lächelte und entspannte mich gegen die Kissen.

Ich hörte ihn sein Glas abstellen, und dann fing er an, unter meinem Kopf zu stöbern und die Bettdecke und die Decken herunterzuziehen.

Meine Haut krabbelte und bekam Gänsehaut, als seine Hände meinen Körper berührten.

Ich half so viel ich konnte in meiner Position, indem ich meinen Körper anhob.

Als sie bereits alleine auf der kalten Bettdecke lag, verlagerte sich das Gewicht des Bettes wieder und der Fernseher verstummte.

"Sie können nichts sehen, oder?"

Ich beugte meinen Kopf nach vorne zu beiden Seiten und entspannte mich dann wieder.

"Nein, nichts."

"Dann genieße es. Und kein Wort."

Ich nickte und bewegte meine Handgelenke und Finger.

Ich wusste, dass er mich wieder ansah und Hitze zwischen meinen Beinen aufbaute.

Ich bewegte meine Hüften, wackelte mit den Zehen und rollte dann meine Knöchel.

Alles, was mich ablenkt.

Meine Lippen waren plötzlich trocken und ich leckte sie, schluckte und fand auch meinen Mund trocken.

Ich zwang mich, normal zu atmen und lauschte auf Hinweise darauf, was sie tun könnte.

Die Klimaanlage wurde ausgeschaltet, und dann hörte ich sie nur noch atmen.

Aber trotzdem hat es mich nicht berührt.

Nach einigen weiteren Minuten entspannten sich meine Muskeln und meine Beine öffneten sich leicht.

Sein Atem stockte und ich lächelte.

Ich fragte mich, ob er masturbierte, aber sicherlich hätte er einen Hinweis darauf gehört.

Ich wollte fragen, ob alles in Ordnung sei, als ich es fühlte.

Es war eine sehr leichte Berührung, direkt an meinen beiden Brustwarzen.

Ich stöhnte, als sie hart wurden.

Das Gefühl bewegte sich nach unten und folgte der Kurve unter meinen Brüsten und zu den Seiten.

Es war definitiv eine Feder, die Fülle streifte meine Haut wie die weichsten Fingerspitzen.

Es bewegte sich über meinen Bauch, umriss meine Rippen und umkreiste meinen Bauchnabel.

Meine Hüften zuckten, als die Spitze meine Leistengegend berührte, wo sich mein Bein mit meinem Körper verband.

Ich schauderte und gurrte.

Er wiederholte die Bewegung, bewegte sich über meine Hüfte und langsam wieder zurück und folgte der Linie meines Beckens.

Ich wand mich, als er den flachen Teil der Feder über meinen linken Oberschenkel fuhr.

Gänsehaut stieg wieder auf und ich spreizte meine Beine weiter und benutzte meine Füße, um Kraft gegen das Bett zu gewinnen und mich nach oben zu drücken.

Harry kicherte.

"Geduld, Deb."

Aber er schob die Feder an der Innenseite meines Oberschenkels unter mein Knie und meine Wade.

Ich lachte, als er meinen Fuß kitzelte.

Es wurde geändert, um auf meiner rechten Seite zu arbeiten.

Ich konnte die Wärme seines Körpers fühlen, der sich über meine Beine beugte.

Die Feder zeichnete das gleiche Muster auf dem anderen Bein, aber zurück.

Von meinem Fuß bis zu meiner Wade, unter meinem Knie und über meinem Oberschenkel, durch mein Becken und meine Rippen.

Ich krümmte meinen Rücken und stöhnte leise, als meine Brustwarzen den hochgekrempelten Ärmel seines Hemdes berührten.

"Hey, betrüge nicht!"

Ich lächelte und leckte mir die Lippen, aber ich benahm mich und lehnte mich zurück.

Er zog sich zurück und ich fühlte, wie er sich über meinen Kopf bewegte.

Die Feder fuhr mit der Unterseite meines rechten Armes bis zu meinem Handgelenk und strich über meine Finger.

Er zeichnete Kreise auf meine offene Handfläche, bevor er sich wieder meinen Arm hinunterarbeitete.

Die Spitze fuhr über meine Schulter, mein Schlüsselbein und meinen Hals.

Ich lehnte meinen Kopf nach links gegen das Kissen und seufzte, als er Entwürfe an meinem Hals zeichnete und mein Ohr neckte.

Als er den Stift unter mein Kinn schob, legte ich meinen Kopf zur anderen Seite und seufzte erneut, als ich die gleichen Bewegungen über meinen Nacken, über meine Schulter und in meinen linken Arm und meine Hand wiederholte.

Ich bewegte meine Finger, der Stift rutschte zwischen ihnen hin und her.

Er stand auf und ließ meinen Körper betteln.

Meine Finger ballten sich und hallten von Verengungen tief in mir wider.

Ich leckte mir wieder die Lippen und fühlte, wie mein Herz pochte.

Zum Glück war es nicht lange vorbei.

Eine neue Sensation, ich schätze ein Seidenschal, der gleichzeitig gegen meine Fingerspitzen und beide Arme gestrichen wurde.

Es bedeckte mein Gesicht und glitt langsam über Nase und Mund, um meinen Hals zu bedecken.

Als er meine Brüste erreichte, bäumte ich mich auf und stöhnte.

Er rieb es hin und her über meine schmerzenden Brustwarzen.

Dann streichelte das Gewebe meinen Bauch und meine Hüften und streifte kurz mein Becken auf dem Weg zu meinen Schenkeln und Füßen.

Er wiederholte den Vorgang in umgekehrter Reihenfolge und achtete darauf, an den Stellen anzuhalten, an denen er vor Vergnügen stöhnte.

Und dann war das Taschentuch so schnell weg, wie es erschien.

Ich hörte Harry in einer Plastiktüte stöbern und dann lag er wieder neben mir auf dem Bett.

Es gab ein Klicken, das wie eine Plastikkappe klang.

Ich schnappte nach Luft, als etwas Kaltes meine linke Brust bedeckte.

Seine Zunge leckte meine Brustwarze, bevor er sie in seinen Mund saugte.

"Ohh!" Ich bog mich in ihn hinein und er gehorchte, indem er seine Zunge über meine Brust zog, seine Hand umfasste und drückte.

Als er anscheinend meine linke Brust leckte, legte er sich auf meine rechte Seite und wiederholte den Vorgang.

Ich konnte fühlen, wie die Hitze in mir pulsierte und darum bat, berührt zu werden, und ich wimmerte.

"Ich weiß, Deb. Ich weiß." Er drückte meine rechte Brust und streckte die Hand aus, um mich zu küssen, wobei er seine Zunge in meinen Mund tauchte. "Mmm."

Ich probierte Schokolade und stöhnte damit.

Er küsste mein Kinn und meinen Nacken und streichelte meine Schulter.

Ein kalter Schokoladenstrahl fiel auf meine Lippen und ich leckte hungrig.

Sein Finger drückte sich zwischen meine Lippen, und ich saugte ihn tief in meinen Mund und wischte ihn auch von Schokolade ab.

Dann kroch Kälte über mein Kinn und meinen Hals.

Es ging weiter durch die Spaltung zwischen meinen Brüsten und umkreiste meinen Nabel.

Seine Zunge und seine Lippen folgten langsam und ließen mich vor Aufregung zittern.

Die Matratzen quietschten, als er wegging, und dann hörte ich fließendes Wasser im Badezimmer.

Eine Minute später kam er zurück und fuhr langsam mit einem warmen Waschlappen über meinen Nacken, meine Brüste und meinen Bauch.

Die Temperaturänderung ließ mich nach Luft schnappen und mein Körper kräuselte sich.

Er lag wieder auf meiner linken Seite, seine Hand streckte sich über meinen Bauch.

Er massierte mich für einen Moment, sein Mund bedeckte meine linke Brustwarze, knabberte und saugte sanft.

Ich versuchte nach unten zu greifen, um mit meinen Fingern durch seine Haare zu fahren, aber meine Hände konnten ihn nicht erreichen und erinnerten mich daran, dass ich zurückhaltend war.

Ich klammerte mich stattdessen an die Luft und versuchte, meine Seite gegen ihn zu drücken.

Seine Hand glitt nach oben und umfasste meine Brust.

Ich weinte vor dem plötzlichen Biss eines Eiswürfels, der an meiner Brustwarze rieb.

Ich zog mich zurück, aber es gab keinen Ort, an den ich gehen konnte.

Kaltes Wasser tropfte über meine Brust, Eis kreiste langsam um meine Brustwarze.

Es tat weh, aber der plötzliche Schmerz wurde betäubend angenehm und ich spürte, wie die Hitze zwischen meinen Beinen wieder anstieg.

Ich wimmerte, versuchte mich jetzt zurückzuziehen und ballte meine Fäuste.

"Shh. Shh."

Seine freie Hand drückte sich wieder gegen meinen Bauch und drückte mich gegen das Bett, als er an meiner taub gewordenen Brustwarze saugte und am Wasser leckte.

Er zog sich zurück und ein warmes Handtuch bedeckte meine zitternde Brust.

Ich hätte bereit sein sollen, dass er sich auf meine rechte Brust bewegt, aber der Eiswürfel auf ihm überraschte mich immer noch.

Ich schrie und wieder stöhnte ich und zog mich zurück, ungeachtet seiner Versuche, mich zu beruhigen.

Der scharfe Schmerz kehrte zurück, drückte meine Brustwarze und betäubte die Haut um sie herum.

Als das Eis schmolz, leckte sein Mund und saugte das Wasser auf, und dann erwärmte das Handtuch meine Brust.

Mein Kopf war jetzt verschwommen.

Sie konnte nicht glauben, wie aufgeregt sie war, umso mehr seit der Eisbehandlung.

Ich fühlte mich ein wenig schuldig, dass ich den kurzen Schmerz genoss.

Das daraus resultierende Vergnügen war unglaublich.

Ich war froh, dass Harry meine Handgelenke gebunden hatte.

Sie war sich sicher, dass sie versucht hätte, ihn aufzuhalten, wenn sie die Chance gehabt hätte.

Wie lange sind wir überhaupt schon dabei?

Meine Gedanken kehrten in die Gegenwart zurück, als das Eis zwischen meine Brüste glitt.

Ich schrie und bog mich.

Harry packte meine Seiten in seinen Händen und drückte mich gegen ihn, als er das Eis mit seinem Mund in der Mitte meines Körpers auf und ab zog und meine Brüste seine Wangen berührten.

Ich spürte, wie sich das Wasserbecken in meinem Bauchnabel über meine Hüften ergoss.

Ich dachte nicht, dass mein Körper aufhören könnte zu zittern.

Als das Eis verschwand, ersetzte seine Zunge es und leckte meine Haut, die jetzt unter der kalten Schicht aus Eis und Wasser brutzelte.

Seine Hände bewegten sich, um meine Brüste zu berühren und drückten sie, als er den Ausschnitt in der Mitte streichelte.

Ich brauchte einen Moment, um zu erkennen, dass er zwischen meinen Beinen lag.

Sofort hob ich meine Knie an seine Hüften.

Er fühlte sich so gut an mich gekuschelt, wo er am meisten berührt werden musste.

Ich seufzte von der Hitze seiner harten Ausbuchtung, die durch seine Hose sichtbar wurde.

Sein tiefes Lachen vibrierte durch meine Brust.

"Okay. Ich habe die Idee."

Er ließ mich los und kroch von meinen Beinen weg.

Ich beschwerte mich über die plötzliche Abwesenheit, aber seine Hand auf meiner Hüfte beruhigte meinen verdrehten Körper.

Seine Finger arbeiteten sich zwischen meinen Locken und meiner heißen Haut hindurch.

Ich seufzte.

Meine Beine spreizten sich wieder.

Einer seiner Finger drückte gegen meinen glatten Schlitz und berührte kurz meinen Kitzler.

Ich gurrte und spreizte meine Beine weiter.

Er strich langsam mit seiner Handfläche über meine äußeren Lippen.

Hin und wieder machte er seinen Finger nass, zog ihn von einem Ende zum anderen und ließ mich nach Luft schnappen.

Seine Hand blieb stehen und umfasste meinen Hügel. Zwei Finger drückten und spannten geschwollene Lippen an.

Ich hielt den Atem an, als sein Daumen meinen Kitzler umkreiste.

Und dann rutschte ein Finger tiefer.

Er spielte damit und zeichnete den Rand meines eifrigen Lochs nach, bevor er sich bewegte, um die Wände meiner inneren Lippen zu bürsten.

Meine Hüften zuckten und versuchten ihn schon in mich zu zwingen.

Seine freie Hand drückte meine Hüften auf das Bett und dann streichelte er meine Muschi vollständig.

Der Handballen ruhte an meinem Beckenknochen, als seine ersten drei Finger das Tal hinuntergleiten und sich an meinen Kitzler kuscheln.

Und wieder.

Es war ein exquisites Gefühl, das ihn schließlich dazu brachte, mich zu berühren und den Druck, den ich fühlte, etwas zu lindern.

Meine Hände ballten sich, mein Körper krümmte sich und versuchte sich zu befreien.

Ich stöhnte und warf meinen Kopf zurück auf das Kissen, als er zwei dicke Finger in mich drückte und dann meine Brustwarze zwischen meine Zähne saugte.

Seine Hand beschleunigte sich und drückte fest und tief.

Die Spannung in meinem Bauch nahm zu und ich zog meine Schenkel schreiend um seine Hand.

Seine Hand blieb stehen, aber seine Finger bewegten sich weiter, immer noch zwischen meinen Beinen vergraben.

Er saugte an meiner Brust, als ich meinem ersten Höhepunkt entgegen ritt.

Als ich nach dem Abspritzen wieder zu Atem kam, zog er sich zurück.

Ich hörte ihn noch einmal die Tasche durchsuchen, und dann lag er zwischen meinen Beinen und spreizte meine Schenkel.

Mein Atem stockte wieder, als ich fühlte, wie sich etwas Cremiges und Kaltes über meine Muschi ausbreitete.

Ich zuckte zusammen und saugte an meiner Unterlippe, unfähig meine Hüften davon abzuhalten, sich in ihn zu wölben.

Seine Finger berührten die Innenseite meiner Schenkel, und dann drückte er einen Finger und schob ihn an meiner Muschi auf und ab.

Ich schluckte und holte tief Luft, nur damit er seinen Finger in meinen Mund schob.

Meine Lippen schlossen sich um seinen Finger.

Ich stöhnte über den Geschmack von Schlagsahne mit einem Hauch meiner eigenen Sexsäfte.

Als er an ihrem Finger saugte, streichelte er ihn hinein und heraus und ahmte nach, was er bereits zuvor unten getan hatte.

Es war nicht schwer daran zu denken, dass er das mit mehr als nur seinen Fingern tat.

Nur daran zu denken, dass er meine Muschi mit Schlagsahne bedeckt hatte, und höchstwahrscheinlich zu erraten, warum ich aufgrund der jüngsten Erfahrungen mit Schokolade nach Luft schnappte.

Er hatte schon öfter mit mir gespielt, als ich zählen konnte.

Und obwohl ich heute Abend schon viele neue Erfahrungen gemacht hatte, hätte ich mir nie vorstellen können, dass mich ein Junge dort unten leckt.

Ich fühlte, wie er auf dem Bett saß und mich nicht berührte.

Er knurrte lang und leise.

Es war das sexieste Geräusch, das ich je gehört hatte, und ich konnte nicht anders, als es zu wiederholen.

Die untere Schicht der Schlagsahne begann zu schmelzen und tropfte um meinen Kitzler.

Ich bewegte mich und stöhnte leise, als er mehr Schlagsahne zwischen meine Lippen drückte.

Ich hatte dort schon einmal Rasierschaum aufgetragen, als ich versuchte, meine Muschi zu rasieren, und das Gefühl war jetzt genauso erotisch, meine empfindliche Haut zu quetschen und zu streicheln.

"Wir werden ein bisschen kämpferisch, nicht wahr?"

Ich machte ein unverständliches Geräusch der Ungeduld, und er lachte.

Ich liebte sein Lachen genauso wie sein sexy Knurren.

Ich bemühte mich zu schlucken und liebte es, was er mir geistig und körperlich angetan hatte, trotz meiner zeitweiligen Frustration.

Harry fuhr mit seinen Fingern über meine linke Brust, entlang der schweren Kurve unten, über die sanfte Brandung oben und umriss den Warzenhof.

Er umfasste und massierte meine Brust.

Sein Daumen und Zeigefinger drückten meine Brustwarze.

Ich biss mir auf die Lippe, um nicht zu schreien.

Er rieb sanft den harten Klumpen von einer Seite zur anderen, drückte dann seine Handfläche dagegen und linderte den scharfen Schmerz.

Seine Hand glitt über den Ausschnitt in der Mitte und streifte meine rechte Brust.

Seine Finger berührten mich wieder, elektrisierten meine Haut und sandten neues Feuer zwischen meine Beine.

Als er meine Brustwarze drückte, rollte ich mich auf ihn zu und wollte, dass er meinen Mund wieder darauf legte.

"Sehr sensibel."

Sein Atem streifte meine Wange, seine Zunge lief über meinen Kiefer und dann erfüllte er meinen Wunsch.

Seine Lippen schlossen sich um meine Brustwarze und saugten sanft den scharfen Schmerz ein, den ich verursacht hatte.

Ich schaukelte hin und her und stöhnte.

Ich spürte, wie die Schlagsahne jetzt an meinen Schenkeln klebte, und fragte mich, ob ich es vergessen hatte.

Ich wollte nicht, dass er aufhörte, meine Brust zu lecken, aber plötzlich wollte ich ihn runter.

Ich wollte wissen, wie es sich anfühlte, wenn seine Zunge mich dort neckte, genau wie er meine Brustwarze neckte.

Wie es sich anfühlen würde, wenn seine Zungenspitze in mich drückt und seine Zähne meine glatte Haut beißen.

Er fuhr mit der flachen Zunge wieder über meine Brustwarze und rutschte dann über meinen Körper, küsste und knabberte und leckte jeden Zentimeter meiner Haut auf dem Weg.

Es dauerte nicht lange, bis er zwischen meinen Beinen lag.

Er küsste meine Hüften und fuhr dann mit seiner Zunge über die Verbindung zwischen meinen Beinen und meinem Becken.

Er fügte eine neue Schicht Schlagsahne hinzu und dann schlang er seine Arme unter meine Schenkel und teilte sich.

Ich stöhnte, mein Körper krampfte sich leicht zusammen.

Ich fühlte seinen heißen Atem gegen meine weichen Locken.

Ich weinte, als seine Zunge herauskam und meinen Kitzler berührte.

Ich spreizte meine Beine weiter und er hob meine nackte Muschi näher an seinen Mund.

Seine Zunge leckte mich wieder und ich stöhnte erleichtert.

Seine Finger massierten meine Schenkel, als er tiefer an meiner Muschi leckte.

Ich hörte das leise Geräusch ihrer Zunge, die die Mischung aus meiner Feuchtigkeit und der ausgebreiteten Creme überzog.

Seine Zunge war überall, ohne irgendwelche Spalten zu verpassen.

Es war ein langsamer und mühsamer Prozess, und ich betete, dass er nicht bald aufhörte.

Ich ließ mich gehen, meine Hüften zuckten unter seinem Mund.

Als er an meinem Kitzler saugte, schrie ich erneut.

Als er seine Zungenspitze gegen mich drückte, stöhnte ich.

Ich konnte nicht genug von ihm bekommen.

Und ich wollte ihn mehr denn je berühren.

Ich verfluchte meine Fesseln ... und sie erhöhten gleichzeitig immer noch die Erregungsstufe.

Ich hatte noch nie so viele Gefühle gleichzeitig in mir.

Ich kam ein zweites Mal, als sein Finger wieder in mich glitt.

Er streichelte mich durch meinen Orgasmus, sein Mund klammerte sich immer noch an meinen Kitzler, sein heißer Atem vermischte sich mit meiner eigenen Wärme und Nässe.

Ich kam gerade von meinem Höhepunkt herunter, als ich den Eiswürfel spürte und schrie.

Ich hatte ihn in mich hineingeschoben und kaltes Wasser lief zwischen meinen Pobacken.

Seine Finger drückten, hielten das Eis an Ort und Stelle und ließen meine Hitze es schmelzen.

Ich spürte, wie sich meine Muskeln um seine Finger spannten und er streichelte sie langsam ein und aus, gleichzeitig mit meinen Schreien.

Ein weiterer Eiswürfel kam hinzu, diesmal gegen meinen Kitzler.

Ich fiel in einen anderen Orgasmus, mein Kopf rollte zwischen meinen erhobenen Armen hin und her und fühlte, wie das Eis und seine Finger mich streichelten.

Sein Mund leckte wieder meine Muschi, als ich mich unter ihm windete.

Irgendwie gelang es meinen Fingern, das Kissen zu greifen.

Ich glaube, ich habe ein paar Flüche geschrien, weil Harry kicherte und etwas über mich sagte, wie "Du bist ein böses Mädchen", das Geräusch vibrierte auf meiner Haut.

Schließlich bot er mir etwas Erleichterung an, ging weg und ließ meine Beine auf das Bett sinken.

Ich keuchte mit engen Augen.

Mein Körper fühlte sich in Flammen an, als hätte nichts, was ich bisher getan hatte, es vollständig befriedigt, und dennoch fühlte ich mich erschöpft.

Sein Mund bedeckte meinen.

Es gelang mir, die Kraft zu finden, ihn zurück zu küssen, meinen eigenen süßen Moschus auf seinen Lippen zu schmecken und zu riechen.

KAPITEL II

Ich nahm mein Handy und atmete aus.

Mein Finger schwebte über der SEND-Taste, meine Augen klebten an den beiden Wörtern auf dem Bildschirm: Ich bin HIER.

Ich holte tief Luft und besiegelte mein Schicksal. Ich betete, dass sich meine Nerven beruhigen würden, dass mir nicht mehr übel wurde.

Es gab jetzt kein Zurück mehr.

Das Geräusch einer Toilettenspülung übertönte das Geräusch eines nahe gelegenen Telefons.

Einen Augenblick später öffnete sich die Tür vor mir und meine Nerven wurden vergrößert.

"Wirst du die ganze Nacht dort stehen?" Sagte er leise.

Die tiefe Stimme kam aus der beleuchteten Tür.

Harry

Ich musste meine Augen nicht mehr schließen, um es mir vorzustellen.

Seine breiten Schultern ragten einen Fuß über mich hinaus und waren in ein Button-Down-Hemd gewickelt, dessen Ärmel bis zu den Ellbogen hochgekrempelt waren.

Seine Obsidianaugen starrten mit einem strahlenden Blick in meine.

Seine großen Hände packten den Rahmen und die Tür, als er sich den Flur hinunter zu mir beugte.

Unser letztes und erstes Treffen war eine Woche zuvor bei einem Gangster- und Kabarett-Tanz gewesen.

Mein eigenes Terrain, meine eigenen Freunde, meine eigene Komfortzone.

Es war leicht gewesen, sich in ihre Reize zu verlieben, so wie sie mich umarmte, als wir langsam tanzten.

Die Art, wie er meinen Filzhut auf den Parkplatz kippte, bevor er mich sanft küsste und seine Finger kaum meine Wange berührten.

Die Art, wie er mir ins Ohr geflüstert hatte, dass meine Entscheidung, Gangster anzuziehen, ihn angemacht hatte.

Meine Knie gaben nach, als er sich gegen meine Hüfte drückte und seine Erregung zeigte.

Ich brauchte meine ganze Kraft, um die nächsten sieben Tage, besonders bei der Arbeit, aus mir herauszukommen.

Unsere nächtlichen Chats am Telefon und im Internet haben nicht geholfen.

Warum hatte sie so große Angst?

Ich gönnte mir den Moment, in dem ich die ganze Zeit phantasiert hatte ...

"Debbie?" Er öffnete die Tür und trat jetzt mit gesenkten Mundwinkeln vollständig in den Flur. "Du bist gut?"

Ich lehnte mich gegen die Wand und hielt mir meine Abendtasche über die Schulter.

Es ist ein Fehler.

Ich hätte nicht kommen sollen.

Was habe ich gedacht

Warten Sie, ich habe nicht nachgedacht.

Mich ...

Seine Finger berührten meine Wange, als er mein Kinn hob.

"Okay. Hab keine Angst."

"Wer ich?" Meine Stimme klang zittrig und überhaupt nicht zuversichtlich, obwohl ich lächelte.

Sein Stirnrunzeln vertiefte sich.

Sorge und Enttäuschung zeigten sich in seinen dunklen Augen.

"Willst du das nicht tun?"

"Ja. Mir geht es gut."

Ich trat von der Wand zurück und marschierte auf die Höhle des Löwen zu.

Die Tür schlug hinter mir zu und ließ mich springen, als ich die Umgebung betrachtete.

Es war ein Standard-Hotelzimmer mit einem Whirlpool links, der Kleiderstange in einer Nische rechts und einer Suite mit offener Front, zwei Lampen und einer Digitaluhr auf kleinen Tischen, die das Einzelbett flankierten.

Ein Sofa, ein Tisch, zwei Stühle und eine niedrige Kommode mit einem darüber geschraubten Fernseher rundeten die Möbel ab.

Uncool.

Aber es war kein besonderer Anlass.

Nun, nicht eines, für das Sie ein Luxushotelzimmer mieten würden, wie für eine Hochzeitsreise.

Ein leises Schnauben entging meinem letzten Gedanken.

Nein, nichts Wichtiges.

Ich zog an meinem Arm und blinzelte.

Meine Augen hoben sich, um seine zu treffen, und sein sanftes Lächeln lockerte die Spannung ein wenig.

"Lass mich deine Tasche nehmen."

Ich ließ meinen Griff um den Riemen los und sah zu, wie er die Reisetasche auf die Kommode unter dem beleuchteten, aber leisen Fernsehbildschirm legte.

Er drückte einen Knopf auf der Fernbedienung und der Bildschirm wurde schwarz.

Jetzt waren es wirklich nur wir zwei.

Die kleinen Geräusche schienen jetzt verstärkt zu sein.

Das leise Zischen der Klimaanlage.

Das Summen des Lichts über unseren Köpfen.

Das Geräusch von Eis in der Maschine direkt vor dem Raum.

Das Gurgeln von Wasser im Eckwhirlpool neben dem Bett.

Nun, vielleicht ist dies doch kein so normales Hotelzimmer.

Mein Herz schlug in meinen Ohren.

Ich versuchte, gleichmäßig zu atmen und mich auf die ganze Situation zu konzentrieren.

In dem, was er tat.

Warum er es tat.

Ein leises Stöhnen entkam mir, als ich an das mögliche Endergebnis dachte und etwas in meinem Bauch zusammengepresst war.

"Debbie? Setz dich."

Er nahm meine Hand und führte mich zum Bett.

Meine Haut kribbelte vor Kontakt.

Meine Knie gaben automatisch nach und dann ruhte ich mich auf der Kante aus.

Meine geringe Statur machte es mir schwer, mich aufzusetzen und trotzdem den Teppich berühren zu können.

"Du siehst hübsch aus heute Nacht."

Ich blinzelte erneut und neigte meinen Kopf zu ihm.

Niemand hatte mich jemals als schön bezeichnet, außer meine Eltern.

Ihre Augen richteten sich auf das Kleid, das sie heute Abend für den Tanz ausgewählt hatte, einen roten Seidenrock mit Rosendruck und ein schwarzes ärmelloses Oberteil mit weitem Ausschnitt.

Es war einer meiner Favoriten, vor allem, weil ich mich trotz meines kleinen Körpers schön fühlte.

Ein Lächeln zog meine Lippen an, froh, dass es ihm auch gefallen hätte.

"Es tut mir leid. Ich bin nur ein bisschen ..."

"Es ist in Ordnung, ich verstehe es". Er saß neben mir und hielt immer noch meine Hand.

Für einige Minuten war das einzige Geräusch, das wir machten, unser Atmen, sein normales, meins war versetzt.

Wie kannst du so ruhig sein?

Ich hielt meinen Blick auf meinem Schoß und schluckte schwer, als ich auf seinen Schoß ging ... Ich sah die leichte Ausbuchtung dort.

Von Zeit zu Zeit drückte er meine Hand.

Schließlich, als ich mich ruhig fühlte, hob ich meinen Blick zu seinem Gesicht.

Er sah mich an.

Die Mundwinkel waren jetzt aufgedreht.

"Ich werde dich küssen, okay?"

Als Antwort neigte ich mein Kinn, und dann umfasste seine Hand meinen Kiefer und zog mich näher.

Meine Augen schlossen sich, als seine warmen Lippen meine berührten.

Sie berührten sich zuerst leicht und dann drückten sie mich stärker.

Ich drückte seine Hand, saugte Luft ein und kleine Überraschungsschreie erreichten meine Ohren.

Seine Hand glitt zu meinem Hinterkopf, seine Finger waren in meinen Haarsträhnen vergraben.

Als seine Zunge meinen Mund zog, zuckte ich zusammen.

Als er sich auf meine Unterlippe biss, schnappte ich nach Luft.

Und als seine Zunge hinein glitt und meine Zunge schüttelte, stöhnte ich.

Harry hielt meinen Mund weiter mit seinem, bis unsere Zungen tanzten und sich gegenseitig genossen und mein Stöhnen häufiger wurde.

Er zog seine Hand aus meiner und ließ den Clip los, der meine kastanienbraunen Wellen hielt.

Die sanften Wellen liefen über meine Schultern und flüsterten gegen meine Ohren und Wangen, bevor ich sie wegschob, damit ich meinen Kopf fester halten konnte.

Meine Hand fand seinen Oberschenkel und drückte, was ein Stöhnen von ihm auslöste.

Unsere Körper drehten sich gegeneinander und die Nerven ließen nach, als er mir half, auf die Decke zu rutschen.

Als ich mich gegen die Kissen lehnte, seufzte ich und Vorfreude ersetzte die Angst in meinen angespannten Muskeln.

Seine Finger streichelten meine Wangen, meine Stirn und meinen Hals und wirbelten durch meine Zöpfe, als er seinen Mund gegen meinen bewegte.

Er war sanft aber fest.

Kontrolle, aber auch nicht in Eile.

Meine Finger hoben sich, um die Konturen ihres Halses durch die leichten Stoppeln an ihrem Kiefer zu ihrem welligen Haar zu verfolgen, das ihren Kopf stützte.

Als seine Finger über den breiten Riemen meines Oberteils zu meiner Schulter glitten und meinen nackten Arm berührten, hielt ich den Atem in meinem Mund an.

Sogar durch ihr Kleid und ihren BH konnte sie die Wärme ihrer Berührung spüren.

Ich sehnte mich danach, dass er meine Brust nahm, um den Druck, den ich seit unserer Begegnung empfunden hatte, etwas zu lindern.

Es war so nah, aber es schien diesen Bereich absichtlich zu meiden.

"Du schmeckst so gut." Sein Mund bedeckte meinen noch einmal, bevor er sich zu meinem Kinn, Kiefer und hinter meinem Ohr bewegte, bevor er sich in die Krümmung meines Halses setzte.

Seine Nase streichelte mich, seine Zunge leckte mein Fleisch.

Ich holte tief Luft und ließ die Luft langsam mit einem Stöhnen los.

"Du riechst unglaublich."

Ich wimmerte und meine Haut kribbelte, als er sie verwüstete.

"Bitte hör nicht auf. Mmm."

"Ich habe nicht die Absicht, es zu tun." Seine Stimme klang gedämpft, als er sanft saugte, knabberte und dann mit den daraus resultierenden scharfen Schmerzen leckte.

Ich packte seine Arme und verankerte mich an ihm.

Sein warmer Körper drückte sich gegen meine Seite und entzündete Funken unter meiner Haut.

Ich wollte es auf mich legen, aber ich hatte einfach nicht die Energie.

Oder den Mut, die Initiative zu ergreifen.

Sein Mund landete Schmetterlingsküsse auf meiner Schulter und in meinem Hals.

Als er ging, öffnete ich meine Augen.

Seine Augen waren fixiert, aber nicht auf mein Gesicht.

Ich setzte seinen Weg fort und schnappte nach Luft, als ich das Objekt seiner Konzentration sah: das schnelle Auf und Ab meiner Brüste, die gegen die Grenzen des Ausschnitts des Kleides drückten.

Mein Blick kehrte gerade rechtzeitig zu seinem Gesicht zurück, um zu sehen, wie er seine Lippen leckte.

"Wenn du willst, dass ich aufhöre, wäre jetzt die Zeit ..."

"Nein nein Nein". Ich kniff die Augen zusammen und ein Schauer durchlief mich bei dem Gedanken, dass alles so schnell enden könnte.

Ein leises Lachen war seine einzige Antwort, und dann berührten seine Lippen wieder meine Kehle.

Langsam und methodisch bedeckten sie jeden Zentimeter der Haut.

Manchmal schoss seine Zunge heraus und ließ mich zittern.

Ich hielt mehrmals den Atem an, als er sich tiefer bewegte.

Als seine Lippen die Schwellung meiner Brust streichelten, packte ich meinen Rock und mein Körper krümmte sich von selbst zu ihm.

Die flache Zunge streichelte den Aufstieg über den Saum meines schwarzen Satin-BHs, und das Gefühl nasser Hitze verbrannte mich.

Er bewegte sich, legte einen Arm auf meinen Bauch und drehte seinen Kopf.

Meine Nase steckte in ihren Haaren.

Es roch ein wenig nach frischer Lotion nach dem Waschen und ich atmete seufzend aus.

Meine Konzentration verlagerte sich, als ich spürte, wie sein Finger die Kurve meiner Spaltung hinaufkroch und in den Raum zwischen meinen Brüsten eintauchte, bevor er unter die Kante des BHs rutschte.

Seine Zunge folgte ihm und ein Stöhnen stieg aus meinem Rachen.

Meine Brustwarzen waren so hart, dass sie weh taten.

Wenn er nur ...

Mein Körper drehte sich und drängte ihn, etwas tiefer zu gehen, wo ich ihn haben wollte.

Wo ich es brauchte.

Als ich meine Hand bewegte und buchstäblich versuchte, die Dinge selbst in die Hand zu nehmen, um den Schmerz zu lindern, bewegte er sich erneut, packte meinen Arm und hob ihn über meinen Kopf.

Er stand hoch genug auf, um meinen linken Arm unter ihm zu befreien und verband ihn mit meinem rechten Arm.

Er hielt beide Handgelenke mit der rechten Hand fest, senkte seinen Mund wieder auf meine Brust und verehrte weiterhin meine jetzt brennende Haut.

"Bitte ... oh bitte Harry ...", murmelte ich an dem Stöhnen vorbei, das er von mir zog.

"Was willst du, Deb?" Sein Atem ging durch die BH-Barriere und ließ es noch mehr weh tun. "Sagen Sie mir, was Sie wollen."

"Oh ..." Meine Gedanken waren verschwommen und ich war plötzlich wieder verlegen.

Warum kannst du nicht einfach verstehen, was ich von dir verlange?

"Das könnte sein?" Seine Finger streiften den unteren Teil meiner Brust durch das Kleid und ich stöhnte. "Ja, ich denke das ist was du willst."

Er neckte ihn erneut und schließlich umfasste seine Hand meine Brust und drückte sie sanft.

Sein Daumen streifte die Brustwarze.

Sogar durch das Material des BHs sandte es Stoßwellen durch meinen ganzen Körper.

"Oh Gott!"

Meine Augen öffneten sich und ich hielt den Atem an, starrte an die Decke, sah aber nichts und schwelgte in der Tatsache, dass er mich endlich dort berührt hatte, wo ich ihn brauchte.

Ich schnappte nach Luft, als er seine Hand nach oben bewegte und einen Finger unter die Kante meines BHs schob und ihn immer wieder direkt über meine Brustwarze fegte.

Hitze strömte und sammelte sich zwischen meinen Beinen.

Die Welt beruhigte sich.

Seine Lippen berührten mein Ohr, sein Atem brannte und ließ mich immer noch zittern.

Mein Atem stockte, als seine Hand tiefer in meinen BH glitt, um mich vollständig zu berühren.

Ich fühlte seine Haut ein wenig rau, als er meine Brust knetete und meine Brustwarze zwischen seinem Daumen und seinen anderen Fingern rollte.

Ich drehte mich zu ihm um und mein Mund suchte nach seinem.

Er stöhnte, presste seine Lippen auf meine und drückte mich wieder auf meinen Rücken.

Ich bewegte mich unter ihm und wiederholte sein Stöhnen, als seine Zunge meinen Mund fegte und mit meiner Zunge spielte.

Er drückte noch einmal meine Brust und zog dann seine Hand zurück.

Er ließ mein linkes Handgelenk los, legte seine Hand über meine Schulter und zog sowohl den Riemen meines Kleides als auch meinen BH über meinen Arm.

Die kalte Luft streifte meine jetzt nackte Brust.

Meine Brustwarze zog sich schmerzhaft zusammen.

Ich war außer Atem und zitterte, als seine Finger über meinen Arm glitten und ihn langsam wieder über meinen Kopf hoben.

Als ich spürte, wie er etwas um mein Handgelenk band, schüttelte ich mich automatisch.

"Harry?"

"Ja, Debbie?" Er kam herunter, küsste meinen Arm und auf meine Brust und saugte meine Brustwarze in seinen Mund.

"Oh!" Ich vergaß, was ich ihn fragen würde, meine Nerven klärten sich mit dieser einfachen Handlung und ich wölbte mich gegen ihn.

Er gluckste und neckte meine Brustwarze mit seiner Zunge, als er auf mich kletterte und mein anderes Handgelenk losließ.

Als er meine rechte Brust entdeckte, bewegte er seinen Mund zu dieser Seite, als er diese Hand wieder auf meinen Kopf legte.

Ich versuchte zu schlucken und sah zu, wie er mein rechtes Handgelenk band.

"Du bist so sexy". Ihre Augen waren hell, als sie neben mir saß und meine nackte Brust, mein Kleid und meinen BH direkt unter meiner Brust betrachtete.

Ich zog sanft an meinen Handgelenken und schluckte die Spannung.

Es gab genug Spielraum für meine Arme, um sich gegen die Kissen zu entspannen, aber nicht genug, um mich losbinden zu können, wenn ich wollte.

"Ich hätte nicht gedacht, dass du dich erinnern würdest."

Was war mit meiner Stimme passiert?

Es klang sehr heiser.

"Oh, ich erinnere mich. Ich erinnere mich an alles."

Dieses faule Lächeln, dieser tiefe Ton, dieser plötzliche dunkle Ausdruck in seinen Augen ließen mein Herz höher schlagen.

Meine Gedanken rasten, um mich an alles zu erinnern, was wir besprochen hatten ... und ich fragte mich, ob ich vergessen hatte, etwas zu erwähnen.

Aber ich verlor die Konzentration, als er unter meinen Rücken griff, die Verschlüsse an meinem BH löste und mein Kleid öffnete.

Ich hielt meine Augen auf ihn gerichtet und sah offensichtliche Faszination in seinen Augen, als er mein Kleid schüttelte und immer mehr von meinem nackten Körper enthüllte.

Sie hielt den Atem an, als sie mein schwarzes Satinhöschen enthüllte.

Ich ging zu ihm hinüber und er blieb stehen, packte meine Hüften und fuhr mit seinen Daumen über meine bedeckte Haut.

Als ich meine Nacktheit wieder aufnahm, strich der Satin meines Rocks über meine nackten Beine und warf das Kleid beiseite.

Seine Finger glitten über meine Waden, bis zu meinen Knien und dann wieder nach unten, um meine Fersen zu öffnen und zu entfernen.

Ich hatte eine plötzliche Welle der Wut.

Ich fuhr langsam mit der Zungenspitze über meine Oberlippe und bewegte meine Hüften.

"Also gefällt dir was du siehst?"

Seine Augen schossen zu meinen hoch und ich schwöre, ich habe einen Feuerblitz in ihnen gesehen.

Er sprach nicht, aber er schob seine Finger unter den Saum meines Höschens und zog sie langsam herunter.

Ich schluckte und war mir bewusst, dass ich mir wirklich Sorgen machte, dass ihm gefallen könnte, was er sah.

Kalte Luft strich über mich und ich konnte nicht anders, als meine Schenkel zusammenzudrücken, stöhnte und wand mich, als er mich nur anstarrte.

Ein paar Mal hob er die Hand, als wollte er mich dort berühren, aber seine Hand kehrte auf seinen Schoß zurück.

Ich wünschte, ich könnte deine Gedanken lesen.

Er griff in seine Gesäßtasche, beugte sich dann zu mir und strich mit seinen Lippen über meine.

"Du bist gut?"

Ich holte ein paar Mal tief Luft und lächelte dann.

"Ja ich bin ok."

Seine Augen trafen meine und er lächelte zurück.

"Lügner."

Seine Hände bewegten sich über mein Gesicht.

Ein weiches Tuch bedeckte meine Augen, blockierte das Licht und befestigte das Gummiband über meinem Kopf.

Mein Atem stockte.

Ich konnte es nicht vermeiden.

Er hatte recht.

Ein Teil von mir machte sich Sorgen, dass ich zu tief gegangen war.

Ich hatte das gewollt.

Aber als meine Kontrolle weg war, kehrten meine Nerven zurück und ich hatte Angst.

Nicht unbedingt Harry, aber was er tun würde ... oder nicht.

Es schien dies schon einmal getan zu haben.

Was ist, wenn ich Ihren Erwartungen nicht gerecht werde?

KAPITEL IV

Ich muss eingeschlafen sein, denn mein nächster Gedanke war, mich zu fragen, warum ich mit dem Gesicht nach unten auf dem Bauch lag.

Meine Handgelenke waren immer noch über meinem Kopf an den Kopf des Bettes gebunden.

Ich hatte immer noch die Augen verbunden und war immer noch nackt, aber ich hatte mich umgedreht.

Ich seufzte und spürte, wie meine Brüste gegen das warme Laken drückten. Mein Gesicht war in ein Kissen eingebettet, das zwischen meinem Kopf und meinen Armen lag.

Er konnte jetzt die Holzlatten am Kopfteil erreichen.

Ich packte sie leicht und roch meinen Schweiß und mein Parfüm auf dem Kissen.

Ich wollte gerade Harry anrufen, als ich warme Flüssigkeit auf meinen Schulterblättern spürte und dann das Gefühl von Händen, die die Flüssigkeit auf meiner Haut verteilten.

Es roch nach Lavendel.

"Willkommen zurück, Deb. Du hast ein kleines Nickerchen gemacht." Er beugte sich vor und küsste meine Wange. "Ich habe die Situation ausgenutzt und dich neu positioniert. Geht es dir gut? Tun deine Arme weh?"

Ich lächelte und murmelte:

"Mir geht es nicht gut".

"Gut."

Er küsste mich erneut und begann dann meinen Rücken und meine Schultern zu massieren.

Seine Finger glitten aufgrund des Öls über die Haut.

Seine Hände drückten und zerrten sanft an meinen Muskeln und zogen Stöhnen und Seufzen tief in mir hervor.

Ich hatte schon mehrere Massagen gehabt, aber keine war so sinnlich gewesen.

Es hat mich mehr angemacht, als es die angesammelte Spannung wirklich linderte.

Seine Finger bewegten sich zu meiner Kopfbasis und massierten meine Kopfhaut und hinter meinen Ohren.

Ich atmete langsam und erinnerte mich, wo mich diese Finger sonst noch massiert hatten.

Als er mit meinem Nacken fertig war, hob er seine Arme an meine Hände.

Unsere Finger verschränkten sich und waren mit Öl befleckt.

Er drückte meine Hände und kam zurück zu meinem Rücken und meinen Seiten.

Ich zitterte, als seine Finger meine Brüste berührten und das Öl um meine Brust rieben, wo seine Finger erreichen konnten.

Ich stöhnte jetzt, fühlte das Gewicht seines Körpers zwischen meinen Beinen und drückte mich gegen meinen Arsch.

Ich zuckte zusammen, als ich spürte, wie sich seine Ausbuchtung verhärtete, aber er trat zurück und arbeitete jetzt an meinen Beinen.

Ich wimmerte und vergrub mein Gesicht im Kissen, um das Geräusch zu dämpfen.

Er beendete meine Füße und glitt langsam mit seinen Händen über meinen Hintern, über meinen Hintern und drückte sich entlang meiner Taille, Hüften und Seiten.

Seine Finger berührten wieder die Seiten meiner Brüste, und dann legte er sich auf mich, seinen Mund gegen meinen Hals.

Er strich meine Haare beiseite und knabberte an meinem rechten Ohrläppchen, was mich zum Stöhnen brachte.

Ich seufzte und bewegte meinen Arsch gegen ihn, fühlte, wie seine Härte im Gegenzug pochte.

Sie wollte nicht betteln und hatte zugestimmt, nichts zu sagen, aber sie war heiß und fühlte sich trotz der Massage unwohl.

Er brauchte mehr.

"Harry?" Ich wimmerte und bog mich wieder auf.

"Ja, Debbie?"

Es klang nach Spaß.

Als ob ich darauf warten würde.

Er drückte sich gegen mich.

Ich knurrte.

"Bitte?"

Er leckte meinen Hals.

"Bitte das?"

"Bitte..."

"Hmm?" Er stand auf, ich hörte das Rascheln seiner Kleidung und setzte mich dann neben mich, seinen nackten Oberschenkel an meine Schulter.

Seine Hand streichelte meinen unteren Rücken und streichelte meinen Arsch.

"Was willst du, Deb?"

Ich konnte keinen Moment atmen, weil ich wusste, dass sein Schwanz da war.

Ich wimmerte und biss mir dann auf die Unterlippe.

"Lass mich sehen."

Er nahm die Augenbinde ab und ich musste mehrmals blinken, um mich an das Licht anzupassen.

Ich bemerkte seine nackte Schulter und eine Tätowierung aus Stacheldraht, die seinen linken Bizeps umkreiste.

Meine Augen bewegten sich nach unten und ich fühlte, wie sich etwas tief in mir vor Verlangen drehte, als ich seinen Schwanz sah, hart und dick auf ihrem Oberschenkel.

Er zeigte direkt auf mich, sein Kopf leuchtend rot.

Ich hielt den Atem an, drehte mein Gesicht zum Kissen und griff wieder nach den Latten auf dem Kopfteil.

"Das ist es?" Seine Hand bewegte sich tiefer und streichelte die Innenseite meiner Schenkel.

Ich wand mich stöhnend.

"Nicht."

"Was willst du mehr, Deb?" Seine Stimme war weicher und heiser.

Ich zwang mich zu schlucken und schloss die Augen.

"Du. Ich will dich. Bitte."

"Damit?" Seine Finger glitten durch meine Nässe und rieben sich an meinem Kitzler.

Ich schnappte nach Luft und meine Augen öffneten sich.

Irgendwie fand ich meine Stimme wieder.

"Ich will mehr."

Er streichelte mich langsam.

Seine Finger gruben sich in mich.

"Damit?"

"Ich will mehr."

Ich bemühte mich, meine Knie unter mich zu bekommen, spreizte meine Beine weiter und fühlte ihn tiefer.

"Wie wäre es damit?" Seine Stimme war ein heißes Flüstern in meinem Ohr.

Ich wimmerte, als ich spürte, wie er seinen Schwanz gegen mich drückte und ihn zwischen meinen äußeren Lippen hin und her streichelte.

"Oh bitte ja!"

"Was soll ich als nächstes tun, Deb?"

Meine Zunge erstarrte.

Ich dachte nur an schmutzige Dinge in meinem Kopf.

Ich hätte nie gedacht, solche Worte laut auszusprechen.

Bis jetzt.

Aber er konnte sie nicht sagen.

Ich konnte einfach nicht ...

Er beugte sich über meinen Rücken, sein Schwanz ruhte zwischen meinem Gesäß und flüsterte mir ins Ohr:

"Soll ich dich ficken, Debbie? Soll ich es wirklich langsam machen?"

Ich würgte und nickte dann so wütend, dass mein Nacken vor Anstrengung schmerzte.

Er kicherte, setzte sich wieder und packte meine linke Hüfte mit seiner starken Hand.

Ich fühlte, wie er seinen Schwanz bewegte, bis er zwischen meinen äußeren Lippen ruhte.

Der Druck nahm zu.

Mein ganzer Körper spannte sich an.

Sie hatte viele Male mit Spielzeug gespielt, also war sie an die Größe seines Schwanzes gewöhnt.

Aber ich hatte mir nur vorgestellt, wie es wäre, sie wirklich in mir zu fühlen.

Obwohl ich erregt und erweitert war, machte ich mir immer noch Sorgen um die Schmerzen.

Er schob meine Knie in seine und sie glitten weiter in die Laken.

Er drückte erneut und diesmal trat er ein.

Ich würgte erneut, vergrub mein Gesicht in dem Kissen und tat so, als wären es seine Finger anstelle seines Schwanzes, damit ich mich entspannen konnte.

Und genau wie versprochen, sehr langsam, Zoll für Zoll, trat er in meine heiße, feuchte Muschi ein.

Ich konnte das Gefühl nicht glauben.

Es gab keine Schmerzen.

Stattdessen gab es eine starke, pochende Hitze.

Und Vergnügen.

Oh was für ein Vergnügen!

Ich dachte, es würde niemals aufhören, und dann tat es das, und wir standen beide sehr still.

"Geht es dir gut, Deb?"

Eine Hand hielt immer noch meine Hüfte

Der andere streichelte meinen Rücken.

Ich konnte "Ja" sagen.

Er konnte sich nur unsere erotische Szene vorstellen: Ich auf allen vieren, meine Handgelenke ans Bett gebunden, mein Hintern zu ihm gehoben.

Er kniete sich hinter mich, sein Schwanz tief in mir vergraben, seine Hände in meinen Hüften.

Das Zittern durchlief mich.

Ich hatte mir nie vorgestellt, unterwürfig zu sein ... bis heute Abend.

Er begann sich zurückzuziehen.

Er ging langsam, ein wenig draußen, wieder drinnen; Er ging den ganzen Weg zurück, bis er rutschte, so dass nur der Kopf seines Mitglieds drinnen blieb.

Es war eine beeindruckende Erfahrung, und ich konnte nur ein wenig nach Luft schnappen, als sie sich bewegte.

Seine beiden Hände packten jetzt meine Hüften und er fickte mich langsam hinein und heraus und wiegte meinen Körper gegen ihn hin und her.

Er geriet in einen Rhythmus, und ich bewegte mich aus freien Stücken auf die gleiche Weise.

Als er den ganzen Weg nach unten drückte, für einen extra tiefen Stoß innehielt und seine Eier gegen meinen Arsch vergrub, stöhnte ich lauter.

Ich verlor den Überblick über die Zeit und genoss nur die Empfindungen:

Seine Hände auf meinem Körper.

Sein Schwanz in mir.

Das dumpfe Geräusch von ihm rutschte in meine Muschi.

Mein Herz schlug in meinem Kopf.

Unser schweres Atmen.

Ich weiß nicht, ob er etwas gesagt hat, aber ich war so konzentriert auf den wachsenden Druck in mir, dass ich nicht glaube, dass ich ihn gehört hätte, wenn er es getan hätte.

Er hatte seine Geschwindigkeit nicht immer erhöht.

So wurde die ganze Erfahrung intensiviert, die Freude gewonnen.

Er bewegte sich leicht, möglicherweise um den Druck auf seine Knie zu verringern.

Es war egal, warum er es tat, aber er ging auch hinein und ich schrie, als mir klar wurde, dass er meinen G-Punkt getroffen hatte.

Er machte eine Pause auf seinem Rückzug.

"Debbie? Habe ich dich verletzt? Bist du okay?"

"Dort!" War alles was ich sagen konnte, mein Atem stockte in meiner Kehle und drängte ihn schweigend weiterzumachen.

Ich packte die Latten am Kopfteil und versuchte gegen ihn zu drücken, aber seine Hände hielten mich auf.

Er schob sich vor und ich schrie, als er ihn erneut schlug.

"Dort!"

"Ah. Verstanden, Deb. Verstanden."

Und er tat es.

Immer wieder schlüpfte er tief in diesen perfekten Ort.

Die Kante kam näher und näher.

Und dann drehte ich mich um und schrie den ganzen Weg.

Ich sackte gegen das Bett zurück, aber er streichelte weiter und flüsterte ermutigende Worte.

Er verstand kaum, was er sagte, aber seine tiefe Stimme war beruhigend.

Ich fühlte, wie seine Hände mich fester drückten.

Seine Hüften schlugen in meinen Arsch, eine heiße Strömung drang tief in mich ein, ich weinte mit ihm und dann waren wir still.

Überraschenderweise streichelte er mich wieder so langsam wie zuvor und ich bekam einen weiteren Orgasmus.

Als ich unter ihm zitterte, griff Harry über mich und löste meine Handgelenke.

Ich bin seitwärts gefallen.

Er zog mich zurück an seine Brust, immer noch in mir.

Tränen traten mir in die Augen, als eine seiner Hände meine Brust bedeckte und mich streichelte.

Seine andere Hand fiel auf meinen Hügel, seine Finger glitten zwischen meine Schenkel, um meinen Kitzler zu reiben.

Und ich kam zum fünften Mal.

Irgendwann zog ich seine Hände weg.

Ich fühlte, wie sein Schwanz aus mir herausrutschte und sich gegen mein Bein lehnte.

Er breitete Küsse auf meinem Schulterblatt aus und hielt mich in der Löffelposition gegen ihn.

Als ich zur Realität zurückkehrte und zu Atem kam, drehte ich mich um und sah ihn an.

Seine Arme schlangen sich um mich und zogen mich näher.

"Wir haben den Whirlpool nicht benutzt", murmelte ich gegen seine Schulter.

"Was, nicht genug Vergnügen für eine Nacht?" Er gluckste und drückte seine Lippen auf meine Stirn und strich mir die Haare hinter das Ohr. "Check-out ist erst morgen mittag. Wir haben also viel Zeit."

Ich lehnte meinen Kopf zurück, damit ich in seine dunklen Augen schauen konnte.

Sie wirkten schwer und schläfrig wie meine.

Es gelang mir, mein Gähnen mit einem Lächeln zu verbergen.

"Gut, weil mir meine Rache fehlt und ich eine Schlampe bin."

ENDE

www.ingramcontent.com/pod-product-compliance
Lightning Source LLC
LaVergne TN
LVHW040947150826
845672LV00002B/579
* 9 7 9 8 2 3 0 0 4 9 5 8 6 *